Einfach nur vergessen

Ein Roman über das Vergessen einer
Familiengeschichte

Claudia Tülp

Wir vergessen, weil wir es wollen.

Wir vergessen, weil wir es müssen.

Wir vergessen, weil wir es nicht besser wissen.

© 2023 Claudia Tülp 2. Auflage

ISBN Softcover: 978-3-347-59179-0
ISBN E-Book: 978-3-347-59180-6
ISBN Großschrift: 978-3-347-59181-3

Druck und Distribution im Auftrag des Autors: tredition GmbH, An der Strusbek 10, 22926 Ahrensburg, Germany

Einleitung

Das Leben auf der Farm in Namibia ändert sich schlagartig durch einen Anruf, in dem Jule erfährt, dass ihre Mutter gestorben ist. Sie fliegt zurück zu ihrer Familie nach Deutschland. Jule erwartet, dass alles noch so ist wie früher, als sie ihrem Mann Jonas nach Namibia gefolgt ist. Aber der Hass ihrer Schwester ist in dieser Zeit gewachsen und ihr Vater leidet an einer Demenzerkrankung. Sie erfährt nach und nach, dass ihre geliebte Mutter nicht die Frau war, die sie meinte zu kennen. Jule kann so schnell nicht wieder zu ihrer eigenen Familie zurück, da die Probleme in Deutschland sich als fast aussichtslos darstellen, bis ihre alte Freundin Hanna wieder in ihr Leben tritt und ihr eine neue Tür öffnet. Ihre Tante Irmgard ist ihr großer Halt in dieser verlogenen Zeit und durch sie erfährt Jule die wahre Geschichte ihrer Mutter in Südafrika und die der anderen Familie.

Großer Stern

Die Sonne strahlt hell am Himmel, so wie jeden Tag hier in diesem Land. Die Grillen zirpen und auf der Farm beginnt der morgendliche Alltag. „Moré Miss Jule" höre ich unsere Farmangestellte Marta rufen, wie sie das Haus betritt. Wie jeden Morgen kommt sie, um uns im Haushalt zu helfen. Ich bin so froh, dass ich sie habe. Marta ist eine ältere lebenslustige Frau und wenn sie lacht, bebt ihr kräftiger Vorbau auf und ab. Sie erledigt ihre Aufgaben ohne jegliche Unterstützung und weiß genau, was wir hier auf der Farm benötigen. Sie gehört über all die Jahren mit zu unserem Team. So ist es hier auf unserer Farm. Wir haben überall helfende Hände, ob im Haus, im Garten oder bei den Nutztieren. Außerdem leben die Farmarbeiter mit auf der Farm und dadurch haben wir kaum einen Personalwechsel.

Ich nehme meine kleine Tochter aus ihrem Bettchen und sie strahlt mich über beide Bäckchen an. Ihre roten Locken stehen wie wild in alle Richtungen. Sie kommt äußerlich nach mir, nur sind meine roten Haare heute nicht mehr lockig. In den letzten Jahren sind meine Haare nachgedunkelt. Das Rot hatte sich in ein helles Braun verändert und die Locken gibt es schon lange nicht mehr. Die Probleme mit meiner hellen Haut hier im Land der Sonne hatte sich in den Jahren auf der Farm zum Vorteil verändert. Am Anfang meiner Zeit, hier in Namibia, gab es zu viele Sonnenbrände, aber ich lernte mit jedem neuen Sonnenbrand dazu. Die erste Zeit trug ich langarmige dünne Shirts, damit sich die helle Haut an die Sonne gewöhnte. Später zog ich T-Shirts an. Aber dennoch ist mein Gesicht mit Sommersprossen übersät und der Hut gehört zum morgendlichen Standard dazu, wie das tägliche Zähneputzen. Nach über 7 Jahren ist sogar meine Haut leicht gebräunt und ich kann auch mal kurz ohne eine Sonnencreme das Haus verlassen. Ich gehe mit meiner Tochter auf dem Arm in die Küche. Marta hat schon die Milch erwärmt für den Maisbrei. Der Grieß wird in die Milch eingerührt und zum Schluss wird etwas Butter untergerührt. Alina kennt es nur ohne Zucker und isst es so. Am Freitag mache ich immer einen Klecks Marmelade oben drauf und den kratzt sie vorsichtig ab und leckt den Löffel mit der Zunge ab. Das ist unser Ritual, um das Wochenende einzuläuten. Kaspar ist schon frühzeitig mit seinem Vater auf der Farm unterwegs. Es gibt jederzeit etwas zu tun, auch für so einen kleinen Burschen wie ihn. Zäune müssen repariert werden, wenn in der Nacht ein Wildschwein mal wieder versuchte, sich durchzugraben. Die Wasserstellen der Rinder werden täglich überprüft, falls ein Loch in der Trinkschale ist und die Tiere kein Wasser mehr zur Verfügung haben. Es muss Ausschau nach verletzten Tieren gehalten werden, da in der Nacht einiges passiert sein kann. Auf der Farm ist unendlich viel Arbeit und das sieben Tage die Woche lang. Das Autofahren ist sehr wichtig auch schon für unsere Kinder. Wenn ich mir vorstelle, dass Kaspar mit seinen 6 Jahren schon alleine Auto fährt. Er fährt im Stehen, da er gerade mal so durch das Lenkrad gucken kann. Hier auf dem Land, ist es wichtig, damit Kaspar zum Nachbarn fahren könnte, falls wir mal in Not wären, um Hilfe zu holen. So entzückend, wie man sich das Leben auf einer Farm vorstellt, hat es doch seine Gefahren. Wir haben Schlangen, auch im Haus. Die Zebraschlange schleicht sich gerne mal ins Haus und legt sich unter die Bettdecke und da der Biss dieser Schlangenart tödlich ist, halten wir unsere Türen geschlossen. Außerdem leben bei uns Hunde. Sie entdecken zuerst die Gefahren und wir können darauf reagieren. Letztens hatte sich eine Schlange auf die Terrasse gewagt und ich hatte sie mit Schlangenschrot erschossen. Auch das hatte ich hier gelernt. Ich musste mich und meine Kinder verteidigen. Das fiel mir hier im Land nicht schwer. Hier ging es um unser Leben und ein Biss, weit ab vom nächsten Krankenhaus, konnte mit dem Tod enden. Das hätte ich mir nicht im Traum vorgestellt, dass ich mal: „Am anderen Ende der Welt" sitzen werde, wie meine Freunde es zu dem Zeitpunkt bezeichneten, als ich Deutschland verließ. Damals… Es war lange her und ich vermisse meine Familie schrecklich. Ich setze mich an den Tisch, in der Küche, zu meiner Tochter und sehe zu, wie Alina sich den Maisbrei mehr ins Gesicht, als in den Mund schmiert.

Ich bin jetzt 36 Jahre alt und lebe seit 7 Jahren hier in Namibia. Mit meinem Mann Jonas und unseren beiden Kindern bewirtschaften wir eine kleine Farm zur Selbstversorgung. Wir haben eine Rinderzucht und die letzten Jahre waren schwierige Dürrejahre. Das Geld ist knapp und wir hoffen jeden Tag auf den ersehnten Regen. Unser Ältester, der Kaspar kommt jetzt mit fast 7 Jahren in das Internat und unsere Prinzessin Alina hat mit ihren 2 Jahren dafür noch etwas Zeit. Das hiesige Internat ist 300 km weit weg von unserer Farm und für die Farmkinder gibt es keine Alternative, außer Homeschooling. Wir haben uns dagegen entschieden, weil Kaspar so aufwachsen soll, wie alle anderen Farmkinder hier im Land. Es wurde Zeit, dass er seine eigenen Freundschaften schließt, um sich zu sozialisieren. Das Leben auf der Farm ist für ein Kind eine Traumwelt, aber die Realität sieht nun mal anders aus. Sie werden erwachsen und müssen weiterziehen, um ihr eigenes Leben aufzubauen, und das ist ein weiterer Grund, warum unsere Kinder ins Internat kommen. Auch wenn mein Mutterherz daran zerbricht, dass ich erst Kaspar in die Hände anderer Menschen geben würde und später Alina, gab es für Jonas keine

Diskussion. Auch er war im Internat und er meint, es hatte ihn selbst geprägt und ihn zu dem gemacht, was er heute ist. Somit würde ich erst ein Kind abgeben und vier Jahre später mein Zweites. Ich mochte mir gar nicht vorstellen, was im Anschluss mit meinem Herzen passiert.

Der Anruf kam völlig unerwartet. Ich nehme gerade den kleinen roten Plastiklöffel aus der Hand meiner Tochter und denke so an meinen nächsten Schritt auf der Farm, als das Telefon klingelt. Ich nehme den Hörer ab und höre ein Knistern und wusste sofort, dass es ein Gespräch aus Übersee ist. Das ist ziemlich ungewöhnlich und für den Anrufer sehr kostspielig. Es ist meine Schwester aus Deutschland, die mir mitteilt, dass unsere Mutter in der letzten Nacht verstorben ist. Der Hörer fällt mir aus der Hand und Tränen füllen meine Augen. „Das kann doch nicht wahr sein", schreit es in meinem Kopf. Meine Mutter! Letzten Sonntag haben wir noch zusammen über das Internet telefoniert und sie sagte mir, dass es allen gut geht!

In meinem Kopf dreht sich alles. Ich muss sofort nach Deutschland! Aber wie sollen wir das bezahlen? Nehme ich meine kleine Prinzessin mit oder lasse ich sie für Wochen hier bei unserer Nanny? Ich denke an meinen Vater. Er sitzt wahrscheinlich hilflos in seinem Ohrensessel und starrt die Wand an. Was ist er ohne unsere Mutter nach 38 Ehejahren? Was soll aus ihm werden? Fragen über Fragen sprudeln in meinem Kopf hin und her. Ich stehe mechanisch auf und gehe hinaus und suche nach Jonas. Ich sehe meinen Mann aber nicht und fange hysterisch an zu weinen. Ich sehe wie sich kleine schwarze Punkte vor meinen Augen bewegen und sacke zusammen. Mein Zeitgefühl hat mich verlassen und als ich die Augen wieder öffne, steht unsere Marta neben mir. Sie hat mir ein Kissen unter den Kopf gelegt und reicht mir ein Glas Wasser. Unser Farmarbeiter Hanno ist los, um Jonas zu holen. Mir ist alles egal. Ich fühle mich wie in einer Wolke gefangen. Alles um mich herum ist vernebelt und verzehrt. Meine Mutter! Sie ist doch mein ein und alles! Sie hat es mir nie wirklich verziehen, dass ich einen Mann geheiratet habe, der tausende von Kilometern weit weg wohnt. Kaspar hat sie nur einmal gesehen und Alina noch gar nicht. Unsere Prinzessin kannte sie nur von Bildern, die ich ihr geschickt habe, wenn die Farm mal wieder über ausreichend Netz verfügt. Kaspar hatte da schon mehr Glück. Er hat seine Oma einmal gesehen. Leider reicht seine Erinnerung nicht mehr daran zurück. Nach der Geburt des ersten Kindes waren meine Mutter und mein Vater hier auf der Farm. Ich war erstaunt, wie schnell sich meine Mutter in kürzester Zeit hier einlebte, während mein Vater sich zurückzog. Die Wildnis faszinierte ihn, er verstand aber nicht, warum ich dieses Leben hier bevorzugte. „Du bist hier ganz alleine auf der Farm", meinte er wieder und wieder. Ich war hier aber nicht alleine, denn ich habe meine Familie. Meine Mutter wollte gar nicht wieder weg. Sie liebte ihre neue Aufgabe als Oma und lief mit unserem ersten Baby jeden Abend auf die Veranda und erklärte Kaspar den Sternenhimmel mit phantasievollen Geschichten. Kaspar verstand zwar noch nichts, aber meine Mutter wirkte sehr glücklich. Ich hatte keine Ahnung, dass sie so viel über den Sternenhimmel hier im südlichen Afrika wusste. Auch war sie im Bilde, welche Arbeiten auf der Farm wichtig waren und worauf man achtgeben musste. Sie verdutzte mich jeden Tag aufs Neue. Nach acht Wochen flogen meine Eltern wieder zurück und in mir blieb Leere zurück. Hätte ich eine Ahnung gehabt, dass ich meine Mutter das letzte Mal in den Arm nahm, ihren Duft wahrnehme und mit ihr lachen würde!

Ich bin in den letzten Jahren, nach der Auswanderung, nicht mehr in meiner Heimat gewesen. Ich hatte Jonas in Deutschland kennen und lieben gelernt. Nach sehr kurzer Zeit haben wir geheiratet und ich bin mit ihm, in eine für mich unbekannte Welt gegangen. Das erste Jahr in dieser Einsamkeit war hart für mich. Ich vermisste meine Familie und meine beste Freundin, hier so weit weg. Ich plante einen Flug nach Hause und dann kam Corona. Der Flug wurde storniert und jeder nahm an, dass es nur von kurzer Dauer sein wird, aber daraus wurde nichts. Es gab auf einmal keine Flüge mehr aus und in unser Land. Ich betete täglich, dass meiner Familie nichts geschah in dieser schwierigen Zeit. Jeden Abend lief ich mit meinem Hund Dodo auf den kleinen Hügel hinter dem Farmhaus und empfand nur Hilflosigkeit. Jeden Abend weinte ich leise vor mich hin und Dodo kuschelte sich fest an mich. Das war der härteste Einstieg in mein neues Leben. Jonas und ich haben uns oft mit diesem Thema auseinandergesetzt, aber das half nicht über meinen innerlichen Schmerz hinweg. Der Gedanke daran macht mich noch heute wahnsinnig. Ich wurde schwanger und musste endlich lernen, dass mein Leben sich jetzt hier abspielt, weit weg von Deutschland. Nun ist alles hier alltäglich und ich hätte wieder fliegen können, aber wir haben kein Geld. Durch die Dürre sind unsere Rinder nicht kräftig genug und die Preise auf dem Fleischmarkt sind eingebrochen. Für ein so mageres Rind bekommen wir kaum Geld und das reicht mal gerade für unser Überleben und nicht für einen Flug nach Europa. Wir mussten schon für das Internat einen Kleinkredit aufnehmen. Damit sind die ersten vier Jahre abgesichert und bis dahin hoffen wir auf einen wirtschaftlichen Aufschwung.

Wie ich das nächste Mal die Augen erneut öffne, sehe ich ein vertrautes Gesicht direkt vor mir. „Sag einmal Julchen, ist es bequem hier so auf dem Boden liegend?", lächelt Jonas mich an. „Ich weiß du liebst dieses Plätzchen auf der Veranda, aber ist es dir nicht etwas zu hart?". Er nimmt mich in seine Arme und ich fange an zu weinen. „Du fliegst erst einmal nach Deutschland und kümmerst dich um deinen Vater und es muss vieles geregelt werden", flüsterte er mir ins Ohr. Ich schaue ihn an. „Wie…" fange ich an. Er legt mir seinen Finger auf den Mund. „Das schaffen wir schon", und er lächelt weiterhin.

Fünf Tage später packe ich meinen Koffer. Ich weiß nicht, was ich mitnehmen soll. Jetzt ist es kalt in Deutschland und schwarze Kleidung habe ich gar nicht mehr. Somit hat mein Koffer nur lächerliche 9 kg. Ich starre auf den alten Koffer. Dieser grüne Hartschalenkoffer war hier noch modern und Jonas´ alter Lederkoffer erinnert mich an den von meinem Opa. Wahrscheinlich ist in Deutschland mein Koffer schon wieder ein Antiquariat. Früher war es mir wichtig, die neuesten Klamotten und aktuellsten Taschen zu tragen, aber das ist nun über 7 Jahre her. Hier auf der Farm war es unwichtig und was in Europa passiert, bekommen wir hier kaum mit. Unser Internet hat selten Empfang und ich habe es aufgegeben hinter den täglichen Nachrichten hinterherzurennen. Hin und wieder leuchtet abends das Internetsignal grün und wenn ich das mitbekomme und Zeit habe, gehe ich auf den Hügel und rufe bei meinen Eltern an. Wenn aber meine Mutter mir ein Foto geschickt hatte, brauchte es ewig, bis das heruntergeladen ist und somit kann ich sonst nichts anderes machen außer zu warten. Wir führen ein gemütliches Leben hier draußen, wenn die Menschen die man liebt, nicht so weit weg wären. Das ist der Nachteil und dieser Nachteil tut zeitweilig ganz schön weh.

Am nächsten Tag fahren Jonas und ich zum Flughafen. Er hat bei der Bank für das Flugticket und etwas Taschengeld einen zweiten Kleinkredit aufgenommen. Er ist überzeugt davon, dass es bald regnen wird, und dann würde das Gras wieder sprießen und unsere Rinder an Gewicht zulegen. Die Hoffnung stirbt zuletzt, denke ich mir still. Jonas hatte die letzten Tage unseren Arbeitern ihre Aufgaben zugeteilt, damit sie beschäftigt sind, wenn er nicht da ist. Seine Eltern haben eine Farm in der Umgebung und wir haben gestern schnell noch die Kinder zu Oma und Opa gebracht. Für Jonas´ Eltern eine Selbstverständlichkeit und für meine Eltern eine Seltenheit. So ungerecht sind manche Entscheidungen, die wir für uns treffen.

Um mich zum Flughafen zu begleiten, muss Jonas die Farm drei Tage alleine lassen. Wir brauchen alleine einen ganzen Tag um in die Hauptstadt nach Windhoek zu kommen, wovon 45 Kilometer entfernt der internationale Flughafen liegt. „Weißt du, was der Name Windhoek bedeutet?", fragt mich Jonas auf einmal. „Nein, darüber habe ich mir noch keine Gedanken gemacht." „Ach Jule, du musst dich schon mit unserer Geschichte hier im Land vertraut machen. Auch wenn du jetzt dafür keinen Kopf hast, aber das heißt in unserer Afrikaans Sprache windige Ecke." Es ist ja wirklich lieb von ihm, mich mit einem anderen Thema zu beschäftigen, aber ich bin mit den Gedanken schon in Deutschland. Nach 7 Jahren würde ich morgen wieder in meine Heimat fliegen.

Am nächsten Morgen steige ich schon um 6 Uhr, zum Tagesflug in das Flugzeug nach Deutschland ein. Jonas kann heute noch den großen Einkauf für die Farm erledigen, wenn er schon einmal in der Hauptstadt ist. Wir hatten bei Freunden übernachtet und dort verbringt er auch die nächste Nacht. Erst dann hat er Zeit genug, um am dritten Tag morgens zurückfahren. „Was für ein

Aufwand!"', schießt es mir in den Kopf. Meine kleine Prinzessin habe ich nicht mitgenommen. Mein Vater würde sich wahrscheinlich sehr freuen, aber ich hätte nicht genug Zeit für sie. Alina hatte so schrecklich geweint, als wir in das Auto stiegen und von Oma und Opa wegfuhren. Ich hatte ihr vorher erklärt, dass Papa beide Kinder alleine abholen kommt, da Oma Elisabeth jetzt oben bei den Sternen ist und Mama einiges mit Opa Richard in Deutschland erledigen muss. Kaspar kam in zwei Wochen in das Internat und ich mutmaßte, dass ich bis dahin nicht zurück bin, und somit kann ich ihn nicht an seinem ersten großen Tag begleiten. Das macht mich erneut traurig. Ich werde sein Zimmer nicht sehen und nicht seinen neuen Freund kennenlernen, mit dem er sich das Zimmer teilt. Jonas versprach mir, viele Fotos zu knipsen und mich auf den neusten Stand zu halten, soweit das Internet auf der Farm funktioniert. Der Abschied von meiner Familie hier in Namibia ist genauso furchtbar, wie die Angst, was mich in Deutschland erwartet. Den Rückflug haben wir erst einmal offengelassen, weil ich noch keinen Einblick habe, welche Aufgaben auf mich warten. Ich hoffte zumindest, dass ich sofort nach der Beerdigung wieder in den Flieger steigen kann.

Nun sitze ich im Flugzeug und schaue aus dem Fenster. Trauer, Glück und Verzweiflung überwältigen mich und eine große Leere breitet sich aus. Tränen habe ich keine mehr und meine Augen sind rot angeschwollen. In nicht mal mehr 12 Stunden, wird meine Schwester mich vom Flughafen abholen. Was erwartet mich? Ich spüre, wie die Maschine anfängt zu rollen und ich denke an früher, als ich Jonas kennenlernte.

Wäre Jonas nicht, würde ich wahrscheinlich noch in unserem kleinen Städtchen leben. Ich war mit meiner besten Freundin Hanna auf ein Festival gefahren. Wir bauten gerade unser kleines Zwei-Mann-Zelt auf, als es heftig anfing zu regnen. Hanna und ich setzten uns erst einmal unter die Zeltplane und warteten auf das Ende des Regenschauers. Wir öffneten uns dabei ein Bier und stießen auf das Festival-Wochenende an. Auf einmal schaute ein junger Mann unter der Plane hindurch, komplett durchnässt und fragte, ob er uns helfen kann. Das war Jonas. Ich verliebte mich sofort in diese unglaublichen blauen Augen.

Seitdem sind wir ein Paar. Ich konnte ja nicht ahnen, dass er mich eines Tages mitnimmt nach Afrika.

Weites Land

Er ist schon wieder von seinem Vater geschlagen worden! Das Blut tropft aus seiner Lippe in den heißen Sand vor seinen Füßen. Er hasst ihn so abgrundtief in seinem Inneren. Sein leiblicher Vater ist jeden Tag betrunken und er schuftet hier alleine ohne große Hilfe auf der Farm. Sein rotblondes Haar hatte er extra wachsen lassen, weil er wusste, wie sehr sein Vater das hasst. Er wäre doch kein Weib und müsste sich die Haare abschneiden, schrie sein Vater ihn regelmäßig an. Genau deshalb tut er es nicht. Einmal ging sein Vater auf ihn mit einer Schere los. Er wollte ihm den Zopf abschneiden, der ihm schon so lange ein Dorn im Auge ist. Aber er war viel zu betrunken und stolperte nur lallend hinter ihm her. Er hatte gehofft, er würde fallen… direkt in die Schere… Als Kind hoffte er jeden Tag, dass er über kurz oder lang, hier endlich wegkam. Einfach ab in die weite freie Welt, aber noch jetzt sitzt er hier fest auf dieser gottverdammten Farm im Nirgendwo. Das klägliche Einkommen reicht nicht aus. Auch wenn er abhauen würde, konnte er nicht einfach zu Fuß losgehen oder mit diesem alten Jeep wegfahren. Er hatte kein Einkommen, er hat einfach nichts! Er wusste nicht mehr weiter. Jetzt wo er erwachsen ist, sieht er abermals keine Möglichkeit hier wegzukommen. Als er gerade so seine Schule beendet hat, stand sein Vater unrasiert und nach Alkohol stinkend vor ihm. Direkt an dem Abschlussfest im Internat hat er ihn wieder auf die Farm zurückgeholt. Er wollte aber nicht mehr zurück auf die Farm. Sein Leben lang musste er helfen! Musste die ständig wechselnden fremden Frauen im Haus ertragen. Er hörte nachts das Gestöhne aus dem Schlafzimmer oder die Bewegungen aus dem Badezimmer. Er zog sich jedes Mal die Decke über den Kopf und fragte sich, wo seine Mutter war. Er kennt sie nicht. Er hat keine Erinnerung oder ein Foto von ihr. Sie war weggelaufen, als er noch ein kleines Kind gewesen ist. Einfach weg - ohne ihn mitzunehmen. Sie hat ihn hier, bei seinem prügelnden Vater gelassen –

alleine. Er geht zum Brunnen und zieht sich einen Eimer kaltes Wasser aus der Tiefe und taucht ein in das kühle Nass. Als er seinen Kopf wieder aus dem Wasser zieht, bemerkt er, wie seine Lippe anschwillt. Beim nächsten Mal schlägt er zurück, schoss es durch seinen Kopf. Das nächste Mal….

Flügel die wachsen

Landeanflug. Wir sind durch die grauen dunklen Regenwolken hindurch und ich sehe das nasse kalte Flughafengebäude beim Landeanflug. Wie sehr hatte ich mir das hier gewünscht. All die Jahre, all die Tränen und die Sehnsucht. Jetzt fühle ich mich einsam. Es ist diesmal nicht dasselbe nach Hause zu kommen. Ich starre aus dem kleinen runden Fenster neben meinem Sitz. Die Maschine rollt langsam über das Gelände zur Parkposition. Die Anschnallzeichen erlöschen und ich stehe auf, nehme meine kleine Tasche und gehe zum Ausgang. Direkt beim Ausstieg aus dem Flugzeug fängt es an zu regnen. Kleine weiche Tropfen die regelmäßig auf den Boden fallen. Für uns auf der Farm ein Wunsch und hier nur der normale Alltag. Ich gehe langsam auf den Bus zu, der uns zum Terminal bringen soll. Die Menschen um mich herum gehen schnellen Schrittes in den Bus hinein, um nicht nass zu werden. Regen. Ich bleibe noch einmal kurz stehen und schaue nach oben in die graue Wolkendecke. Drei Jahre hatte es bei uns nicht mehr geregnet. Jeder Tropfen würde so unsagbar viel Leben hervorrufen. Jeder würde aus den Häusern kommen und tanzen und lachen. Regen, für uns das Überleben und für viele Menschen Hoffnung. Wie gerne würde ich diese Wolken jetzt dahin pusten, wo das Wasser am nötigsten gebraucht wird. Ich gehe langsam weiter zum Bus. Die Menschen dort starren mich an. Sie meinen garantiert, ich sei nicht ganz dicht im Kopf. Für einen kleinen Moment muss ich lächeln. Ich steige ein und merke, dass ich durch meine dünne Jacke klitsch-nass bin. Ich hatte keine Regenkleidung und keinen Regenschirm mehr. Wahrscheinlich würde ich jetzt noch eine Erkältung dazu bekommen. Mich fröstelt es leicht. Durch die Feuchtigkeit beschlagen die Scheiben im Bus, während er langsam über das Rollfeld fährt. Der

Regen prasselt gleichmäßig gegen die Frontscheibe und die Scheibenwischer quietschen hin und her. Hatte ich eigentlich einmal die Scheibenwischer an unserem Auto auf der Farm benutzt? Ich kann mich nicht daran erinnern. Ich sehe in die Gesichter. Die Menschen hier haben keinen Ausdruck, wirken grau und still. Jeder ist in sich gekehrt und kaum einer spricht etwas. Das habe ich nicht vermisst. Bei uns sind die Menschen freundlich, egal welches Schicksal sie mit sich tragen oder egal in welcher Notlage sie sind. Nachdem wir ausgestiegen sind, laufen wir alle zusammen in Richtung Passkontrolle. Ich bin nervös. Tatsächlich nervös! Warum? Ich verstehe es nicht. Ich habe einen deutschen Pass, der allerdings erst im letzten Jahr neu ausgestellt wurde, und zwar von der deutschen Botschaft in Windhoek. Mein Wohnort hatte sich geändert. Einen deutschen Pass ohne deutschen Wohnort. Ich lege meinen Pass dem Zöllner vor. Er schlägt ihn auf und schaut in mein Gesicht. „Willkommen in Deutschland" und gibt ihn mir zurück. Das war alles und schon stehen wir wartend am Gepäckband. Mein Hartschalenkoffer holpert über das Gepäckband und ich sehe, dass es doch schon viel modernere

Koffer gibt, als meiner es ist. Ich ziehe den Koffer vom Band und gehe Richtung Zoll. Ich habe nichts zum Verzollen dabei. Noch nicht mal ein kleines Geschenk für wen auch immer. Dafür ist es diesmal kaum der richtige Zeitpunkt.

Meine Schwester steht wie erwartet direkt an dem Ausgang, nachdem sich die Tür hinter dem Zoll öffnet. Sie freut sich, mich nach all den Jahren wieder zu sehen. Wir weinen beide kurz vor Freude und vor Trauer. Sie drückt mir meine Lieblingskekse in die Hand und nimmt meinen Koffer. Die Kekse habe ich seit 7 Jahre nicht mehr gegessen, aber ich erinnere mich noch genau an den Geschmack, wenn man durch den Keks die Schokolade schmeckt. Ich stecke sie in meine kleine Tasche und gehe schweigend hinter Frauke her. Wir haben uns noch nie so wirklich verstanden und das würde sich jetzt auch nicht mehr ändern. Wir sind zwei komplett unterschiedliche Menschen. Sie hat es mir nicht verziehen, dass ich ins Ausland gegangen bin und sie alleine mit unseren Eltern gelassen habe. Sie sagte einmal zu mir - Du machst dir ein nettes Leben und lässt mich mit dem ganzen Mist hier alleine und das habe ich ihr nicht verziehen. Mein Leben war nicht immer so traumhaft, wie man es sich vorstellt. Nur weil ich in Namibia lebe, habe ich trotzdem auch Sorgen und Ängste. Wie jetzt, dass ich unsere Mutter so lange nicht mehr gesehen habe und sie nie wieder in den Arm nehmen kann. Außerdem muss ich viel auf der Farm arbeiten und kann auch nicht am Sonntag im Bett liegen bleiben. Die Pferde und die paar Ziegen wollen an sieben Tagen in der Woche versorgt werden. Das war mein Job. Jonas ist die Woche auf unserer Farm unterwegs und seine Eltern erwarten, dass er auch bei ihnen aushilft. Ihre Farm liegt direkt neben unserer, aber der Weg beträgt trotzdem 90 Minuten. Wir sehen uns erst spät am Abend zum Essen und anschließend ist er so kaputt, dass er direkt ins Bett geht. Damals hatte ich keine Ahnung, wie es auf einer Farm zu geht und hatte meine eigene Vorstellung. Ich träumte von langen Ausritten, Picknick im Busch und Sekt zum Abendessen bei der untergehenden Sonne. Es kam aber anders. Morgens frühzeitig aufstehen, die Tiere versorgen, sich um den Garten kümmern, die Mitarbeiter versorgen und vieles mehr. Der Tag war zu kurz für alle Aufgaben, doch auch dieses Leben fing ich an zu lieben. Ich liebe Jonas mit seiner hinreißenden liebevollen Art, seiner Aufmerksamkeit und als Zuhören. Wir lachen zusammen und er nimmt sich trotzdem Zeit für unsere Kinder nach dem Mittagessen. Da gibt es eine Art Farmersruhe und wir verziehen uns ins Haus, um aus der Hitze zu kommen. Um halb drei sind alle wieder aktiv. Mitunter, wenn unsere Arbeiter betrunken zur Arbeit kommen, kann Jonas extrem laut werden. Das ist der Moment, wo ich mich schnell ins Haus verdrücke. Mir wird jeden Tag klar, was ich für einen wundervollen Ehemann hier draußen habe, auch wenn das bedeutete, dass ich weit weg von meiner eigentlichen Familie leben muss.

Ich will gerade in das Auto meiner Schwester einsteigen, als mir auffällt, dass ich an der Fahrerseite stehe. Ich habe kurz vergessen, dass wir in Deutschland Rechtsverkehr haben. Frauke fängt an zu lachen und ich stimme mit ein. Nach sieben Jahren auf der anderen Seite der Welt kann das schon mal passieren. „Wie war dein Flug", fragt Frauke mich. „Lang", antworte ich. „Ich war froh, dass keiner neben mir saß. Da konnte ich mich wenigstens etwas ausstrecken. Sonst hätte ich mit meinen langen Beinen Kartenhaus spielen müssen. Die Sitzabstände sind aber auch eng." Frauke schaut weiterhin geradeaus. „Ein Grund mehr, nicht in den Flieger zu steigen", ist ihre knappe Antwort.

Die Fahrt verläuft ansonsten schweigsam. Ich schaue stumm aus dem Fenster und überlege, was sich hier so alles verändert hat. Der Regen jedenfalls nicht. Ich weiß nicht, was Frauke jetzt denkt, aber es war mir eigentlich auch egal. Ich habe Angst vor unseren Vater zu treten. Ich spüre die Tränen in mir. Nein, das will ich auf gar keinen Fall, nach all den Jahren mit Tränen vor ihm stehen. Die Zeit ist für ihn schon schwer genug, da muss nicht die Tochter aus dem fernen Afrika gleich im ersten Moment in Tränen ausbrechen.

Frauke fährt in die Straße meiner Kindheit. Ich werde wehmütig. Mein altes Zuhause. Hier bin ich aufgewachsen. Erinnerungen kommen hoch und ich hoffe so sehr, meine Mutter wird gleich die Haustür öffnen. Es hat sich hier nichts verändert. Die Bäume stehen noch alle so wie vor 7 Jahren. Der Vorgarten hat den gleichen Gartenzwerg unter dem Flieder stehen und es wirkt so, als wäre ich gestern erst ausgezogen mit einem einzigen Koffer in der Hand. Wir halten direkt vor dem Haus. Mit gemischten Gefühlen sitze ich hier im Auto und kann nicht aussteigen. Stumm blicke ich auf das gelbe Haus. Die Hausfarbe müsste mal wieder erneuert werden. Die ersten Farbstellen platzen schon ab und das Grün von den Bäumen, breitet sich über die Hauswand aus. Die Fenster waren seit einer Ewigkeit nicht mehr geputzt worden. Die Tür öffnet sich und mein Vater kommt heraus. Er sieht schlecht aus. Dicke Augenringe und eine unnatürliche graue Gesichtsfarbe. Er winkt uns zu. Frauke hält mich kurz am Arm fest, wie ich endlich aussteigen will. „Wenn du in das Haus gehst, erschrick dich nicht. Seit Tagen ist dort nichts mehr gemacht worden." Ich schaue sie fragend an. „Es war doch immer alles perfekt in diesem Haus. Was soll jetzt anders sein?", denke ich mir und steige aus. Mein Vater fängt an zu weinen, als er mich nach all den Jahren wieder in die Arme nimmt. Es ist eine schreckliche Situation. Ich könnte schreien. Ich drücke ihn fest an mich. Ich habe ihn nur einmal in meinem Leben so nah erlebt. Das war am Flughafen, wie ich Deutschland verlassen hatte. Ansonsten war er jederzeit für uns da, aber konnte uns Kinder nie in den Arm nehmen. Niemals konnte ich mich auf seinem Schoß mit dem Kopf legen und mich geborgen fühlen. Das hatte alles unsere Mutter übernommen. Sie war diejenige, mit der man stundenrund auf dem Fußboden im Wohnzimmer auf einem Kissen lag, lachte oder weinte. Sie war diejenige, die uns den Rücken streichelte, wenn wir zusammen einen Spielfilm sahen, und sie war diejenige, die mit uns am Samstag zusammen Karten spielte. Unsere Mutter war für mich perfekt und nun ist sie nicht mehr da. Einmal hatte ich eine Ohrfeige von meinem Vater bekommen. Ich kam mitten in der Nacht, viel zu spät, nach Hause. Ich hatte nicht angerufen und meine Eltern machten sich schreckliche Sorgen. Als ich in die Haustür kam, klatschte auch gleich seine Hand in mein Gesicht, ohne mir irgendeine Frage zu stellen. Ich weiß noch genau, wie ich mein Fahrrad laut singend in den Kellereingang gestellt hatte, ohne mir Gedanken zu machen, was im Haus auf mich wartete. Heute kann ich meinen Vater sehr gut verstehen. Ich wäre als Elternteil auch ausgeflippt, wenn meine minderjährige Tochter nicht pünktlich nach Hause kommt und man nicht weiß, ob etwas Schreckliches passiert ist. Wir gehen zusammen in das Haus. Der Geruch, der mir schon aus dem Flur entgegenkommt, ist etwas merkwürdig. Ich stelle meinen Koffer auf die unterste Stufe der Treppe im Flur. Ich bin etwas irritiert, alles ist so dunkel und es riecht nach verfaultem Essen. Ich suche nach dem Lichtschalter und als ich darauf drücke, passiert nichts. Ich gehe in die Küche, schalte dort das Licht an und erschrecke mich. Hier steht das dreckige Geschirr der letzten Tage. Der Mülleimer quilt über und beim Biomüll hat sich eine große Fliegenfamilie eingenistet. Ich schaue auf Frauke, die stumm hinter mir hergelaufen ist. Sie zuckt nur mit den Schultern. „Später", flüstert sie mir zu. Mein Vater setzt sich in seinen Ohrensessel am Fenster im Wohnzimmer und starrt an die Wand. Ich hocke mich neben ihn auf die Lehne vom Sessel. „Papa, es tut mir so leid, was passiert ist. Jetzt bin ich hier und wir regeln erst einmal alles zusammen. Ich werde in meinem alten Zimmer schlafen, falls dort noch ein Bett steht", versuche ich es ein wenig lustig. Er reagiert aber nicht. Er ist wie benommen. „Lass uns eben deine Sachen hochbringen", meint Frauke leise zu mir. Ich nicke und stehe auf. Keine Reaktion von meinem Vater.

Er starrt weiterhin auf die Wand. Wir laufen zusammen die Treppe hinauf und hier hat sich nichts im Haus verändert. Mein altes Zimmer ist total verstaubt und riecht etwas moderig. Ich öffne das dreckige Fenster und lasse die frische nasse Luft hinein. Frauke schließt die Tür und ich ballere gleich los. „Sag einmal, was ist hier eigentlich los! Du kannst mir doch nicht erzählen, dass du das alles nicht mitbekommen hast." „Ach Jule, du weißt doch gar nichts mehr!", schreit mich Frauke an. „Du bist nach Afrika abgehauen und wenn man mit dir telefoniert hat, war hier alles in Ordnung. So typisch! Die kleine Schwester macht sich vom Acker und meint, alles läuft hier so weiter wie bisher". „Ach, jetzt geht das wieder los! Du warst immer schon neidisch, dass ich mein Leben so lebe, wie ich es will! Meinst du wirklich, dass ich in AFRIKA keine Sorgen oder Probleme habe? Du hast es in all den Jahren nicht ein einziges Mal geschafft, dir mein neues Leben einmal anzusehen!". Mir platzt echt der Kragen. Klar war ich mal wieder schuld! Das kannte ich nur zu gut von meiner Schwester! Frauke geht zum Fenster. Sie atmet tief ein und dreht sich um. „Mama ging es jetzt seit über einem Jahr nicht mehr so gut. Sie war oftmals durcheinander und hatte keine Kraft mehr für die täglichen Dinge im Haushalt. Papa hat am Anfang versucht, sich um alles zu kümmern, aber nach den ganzen Ehejahren, fiel ihm die Hausarbeit sehr schwer. Ich habe versucht, ihn zu unterstützen und war fast jeden Tag hier um zu helfen, aber er wollte es nicht. Eines Tages nahm er mir den Schlüssel weg und er bat mich, zu gehen. Er meinte, ich wäre keine große Hilfe und er wartete lieber - auf seine kleine Jule - die bestimmt bald wieder zurückkommt. Ich war sehr gekränkt und habe mich die letzten Monate nicht mehr sehen lassen." Frauke schaut mich verletzt an. „Du warst immer das Lieblingskind in der Familie. Früher hieß es schon – Jule hier und Jule da. Als du weggegangen bist, hast du hier einige Scherben hinterlassen. Mama hat wiederholt gefragt, was sie bei dir falsch gemacht hat. Warum sie dir diesen Schritt nicht ausgeredet hat." Ich starre Frauke an. Falsch gemacht! Nichts hat Mama falsch gemacht. Ich hatte mich nur in einen Afrikaner verliebt. Tränen füllen meine Augen. Sie haben alles von mir ferngehalten. Sie wollten, dass ich glaube, dass alle glücklich sind? Wie konnte ich das nicht merken? Ich fange an zu weinen. Enttäuscht von mir selbst und von meiner Familie. Was soll ich jetzt tun? Frauke geht zur Zimmertür. „Ich gehe jetzt erst mal nach Hause. Papa spricht mit mir sowieso nicht mehr. Vielleicht kommst du ja an ihn ran." Damit ist sie verschwunden. Ich sitze auf meinem Bett und überlege, wie es weitergeht. Erst einmal muss ich Jonas Bescheid sagen, dass ich gut angekommen bin. Ich logge mich ins WLAN-Netz meiner Eltern ein. Internet wollten meine Eltern erst nicht haben, aber für die Kommunikation mit mir belegte meine Mutter sogar einem Internet-Volkshochschulkurs für Senioren. Sie hatten sich ein Tablet gekauft und darüber schickten wir uns Bilder oder telefonieren zusammen. Ich schreibe Jonas eine WhatsApp und hoffe darauf, dass er genug Empfang auf der Farm hat. Ich sehe auf die Uhr, aber er ist noch gar nicht wieder zurück auf der Farm. Er würde erst morgen gegen Abend wieder auf der Farm eintreffen. Die Kinder werden über ihn herfallen, wenn er sie von seinen Eltern abholt. Jetzt war er noch bei den Freunden und ehe ich mein Telefon beiseitelegte, habe ich schon eine Antwort von ihm. Er schickt mir ein Bild von dem Fleisch auf den Grill. Ich wünsche ihm einen chilligen Abend und schicke ihm viele Herzen. Ich bin müde und habe Kopfschmerzen. Ich vermisse meine beiden Zwerge jetzt schon. Ich überlege kurz, ob ich etwas zu den Umständen hier schreibe, aber er kann mir ja nicht helfen und ich muss die Situation erst einmal abschätzen. Ich lasse es. Ach herrje! Nun fange ich genauso an, wie alle anderen hier im Haus – nur nicht die Wahrheit.

Ich nehme die Bettwäsche aus dem Schrank und gehe damit nach unten. Nach all den Jahren hier im Schrank, muss sie doch erst einmal in die Waschmaschine und schnell in den Trockner. Dann hatte ich heute Nacht wenigstens ein sauberes Bett. Den Rest erledige ich morgen. Da sich sonst im Haus nichts verändert hat, gehe ich davon aus, dass die Waschmaschine noch im Keller steht. Ich gehe nach unten und stolpere an der Treppe über ein paar Flaschen. „Verflucht noch mal", fluche ich. Mit einer Hand suche ich wieder mal diesen verdammten Lichtschalter. Das Licht klickt an und ich sehe das nächste Chaos. Anscheinend war der Keller die neue Recyclingstation meines Vaters. Überall stehen leere Flaschen herum und die Zeitungen der letzten Jahre stapeln sich in den

Ecken. Ich versuche, in die Waschküche zu kommen, ohne etwas umzuwerfen. „Hatten meine Eltern im letzten Jahr nicht mehr gewaschen?", frage ich mich. Ich spüre langsam, dass viel auf mich zukommen wird in den nächsten Tagen und bin froh, dass ich Alina nicht mitgenommen habe. In dieser Waschküche war garantiert keiner mehr in den letzten Monaten. Die Maschine ist über und über mit Staub bedeckt und das Waschpulver hat sich zu einer festen verklumpten Masse entwickeln. Ich suche nach etwas Spitzem, um das Pulver zu zerkleinern. Neben dem Waschbecken liegt ein Spachtel. Bestimmt hatte, damit auch schon mal jemand das Waschpulver bearbeitet. Damit kann ich wenigstens eine Handvoll Waschpulver für die Bettwäsche in den Schnellwaschgang der Waschmaschine geben. Ich gehe vorsichtig zurück. Bevor ich nach oben gehe, schaue ich in den zweiten Keller. Wer weiß, was mich dort erwarten wird. Ich schiebe einen Stapel mit Zeitungen vorsichtig mit dem Fuß beiseite und öffne die Kellertür. Modriger Geruch kommt mir auch hier entgegen. Ich schalte das Licht an und bin auf alles gefasst. Der Raum ist perfekt aufgeräumt. Es sieht eher so aus, als ob hier in den letzten Jahren gar keiner mehr einen Fuß reingesetzt hatte. Mein Vater hat alles selber repariert. Durch seinen Beruf als Logistiker war das sein Freizeitausgleich. Er liebte es, kleine Sachen zu reparieren, und dementsprechend hatte er das passende Werkzeug, dass hier augenscheinlich noch an der Wand hängt und in den letzten Jahren nicht mehr benutzt wurde. Ich schließe die Tür und gehe nach oben zurück in das Wohnzimmer. Dort sitzt mein Vater und starrt an die Wand. „Was war nur los mit ihm?", überlege ich, wie ich ihn da so sitzen sehe. Ich setze mich auf seine Sessellehne und streichle ihn über den Arm. Er schaut mich an und lächelt. „Julchen, du bist hier?", fragt er mich. „Ja Papa, ich bin hier. Wir werden das hier schon zusammen schaffen", sage ich zu ihm und gebe ihm einen Kuss auf die Wange. Ich nehme sofort, den leichten Schweißgeruch in meiner Nase war. Er hatte wohl schon länger nicht mehr geduscht. Da er kaum noch Haare besitzt, sieht man es nicht an den fettigen Haaren und rasieren tat er sich regelmäßig. „Papa, hast du Hunger? Ich sehe mal nach, was wir zu Abend essen". Wie erwartet kommt keine Reaktion von ihm. Ich stehe auf und betrete die Küche. Im Kühlschrank finde ich nichts Essbares.

Ich muss morgen erst einmal einkaufen gehen und nehme mir vor, jetzt die Küche zu reinigen. Ich schaue in allen Küchenschränken nach, um nicht doch noch eine Überraschung zu erleben. Außer das alles etwas klebrig ist, scheint so weit alles in Ordnung. Zuerst stelle ich das dreckige Geschirr in den Geschirrspüler und schalte die Maschine gleich an. Somit ist die Spüle wenigstens wieder freigeräumt. Ich finde in dem kleinen Unterschrank noch ein paar Dosen. Ich öffne zwei davon, erwarme die Suppe im Topf und fülle zwei Teller. „Papa, möchtest du hier essen oder lieber im Wohnzimmer?", schreie ich durch das Haus. Keine Antwort. Ich höre, wie er die Treppe nach oben geht. „Gute Nacht und schlaf gut", rufe ich ihm hinterher.

Ich sitze alleine in der dreckigen Küche und löffle die Dosensuppe. Das war also mein Einstieg nach sieben Jahren Namibia. Nachdem endlich die Bettwäsche fertig ist, lege ich mich in mein frisch bezogenes Bett und schlafe sofort ein.

Ich öffne am nächsten Morgen meine Augen und schaue auf das Foto vor mir an der Wand. Ich trug trüher lange lockige Haare. Heute trage ich die

Haare kurz. Es ist bequemer auf der Farm. Ich muss sie allerdings selber schneiden und das sieht man hin und wieder auch. Ich denke an den gestrigen Abend, wie mein Vater ganz in aller Selbstverständlichkeit so ins Bett gegangen ist. Er hat sich verändert und ich habe den Eindruck, er ist etwas verwirrt. Oder täuscht das nur? Ich stehe auf, mache mich fertig und laufe die Treppe herunter. Ich gehe in die Küche und dort sitzt mein Vater am Tisch und liest seine Zeitung. „Guten Morgen Papa. Wie geht es dir heute?". Er schaut mich an. „Morgen Julchen. Was machst du denn hier?" Ich schaue ihn verwirrt an. Hatte er vergessen, dass ich hier bin? „Papa, ich bin doch gestern angekommen. Hast du Kaffee gekocht?", frage ich ihn. Er liest unbeeindruckt weiter in seiner Tageszeitung. „Hatte er dieselbe Kleidung an wie gestern?", überlege ich. Ich schaue mich um und sehe die leere Kaffeemaschine. Was hat Papa in seinem Becher, wenn die Maschine aus ist? Vorsichtig gehe ich zu ihm herüber und gebe ihm einen Kuss auf die Wange. Dabei schiele ich in seinen Becher. Okay, Kaffee sieht anders aus. Ich fülle Kaffeepulver in die Kaffeemaschine und setze Kaffee für uns zwei auf. „Papa, kommst du heute mit zum Beerdigungsinstitut?" Er sieht hoch. „Nein, Jule. Du regelst das schon. Ich habe keine Lust auf den Papierkram." Die Antwort überrascht mich. Hier geht es doch nicht um den Papierkram. Ich sollte mal den Hausarzt aufsuchen. „Hast du etwas von Irmgard gehört? Ich möchte Mamas Schwester heute anrufen und hören, wie es ihr geht". Mein Vater schüttelt nur mit dem Kopf und liest weiter in seiner Tageszeitung. Nachdem wir zwei einen Kaffee zusammen getrunken haben und mein Vater noch schweigend in seine Zeitung blickt, will ich erst etwas einkaufen. „Papa, ich muss einkaufen. Hast du dein Auto noch?", frage ich ihn vorsichtig. Er schaut mich an und nickt. „Das Auto steht in der Garage. Ich bin schon lange nicht mehr damit gefahren", kam es nachdenklich über seine Lippen. Ich suche nach dem Schlüssel, kann ihn aber nirgends finden. „Papa, ich brauche auch den Autoschlüssel und es wäre lieb, wenn du mir etwas Geld gibst." Ich sehe ihn an. Mein Vater. Er war mein Vorbild und nun sitzt er dort und hat keine Lebenslust. Er hat viel gearbeitet, damit es uns an nichts fehlte. Er war im Ausland für seinen Arbeitgeber unterwegs und sprach dadurch ein sehr gutes Englisch. Wir waren sogar zweimal als ganze

Familie im Urlaub. Einmal mit dem Wohnwagen in Österreich und mit dem Flugzeug in Spanien. Meine Mutter änderte zusätzlich die Kleidung für Freunde und Bekannte. Dadurch konnten wir in diesem großen Haus aufwachsen. „Papa! Wo ist der Autoschlüssel?", frage ich genervt und gucke um die Ecke ins Wohnzimmer. Er zuckt nur mit den Schultern. Der Schlüssel hängt nicht an dem Schlüsselbrett neben der Eingangstür und auf der Anrichte liegt er auch nicht. „Wahrscheinlich steckt der im Auto", murmel ich vor mir her. Kopfschüttelnd gehe wieder in den Keller. Vorbei an den Flaschen, den Stapeln an Zeitungen durch die Tür in den Garten und von hinten in die Garage. Dort steht das Auto und es ist komplett eingestaubt. Ich ziehe an der Beifahrertür und sie öffnet sich direkt. Ich sehe den Schlüssel im Zündschloss stecken. Somit gehe ich wieder zurück ins Haus und suche nach der Geldbörse meines Vaters. Ich finde die von meiner Mutter in der Schublade im kleinen Flurschrank. Ich nehme sie heraus und drücke sie an mich. Sie hatte dieses Portemonnaie schon so lange wie ich denken kann. Es stecken noch ein paar Euros darin. Das sollte reichen für den heutigen Einkauf. Ich rufe meinem

Vater ein: „Bin eben weg" zu und gehe wieder in die Garage. Ich drücke auf die Fernbedienung und das Garagentor öffnet sich. Das Tor quietscht und ächzt sich nach oben. Ich bin gespannt, ob ich in Deutschland noch Autofahren kann. Immerhin war ich jetzt die letzten 7 Jahre nur im Ausland gefahren. Na, wenigstens springt das Auto gleich an und ich fahre vorsichtig aus der Garage. In der Sonne ist der Wagen so richtig dreckig, sodass ich erst einmal aussteige, um alle Scheiben zu entstauben, da ich absolut nichts sehe. Ich gehe vorne um das Auto herum und da betrachte ich das Malheur. Die rechte Vorderseite war komplett kaputt. Der Scheinwerfer hängt herunter und einen Blinker gibt es nicht mehr. Ich trete mit voller Wucht gegen den Kotflügel. Was ist hier die letzten Jahre nur losgewesen! Ich fahre das Auto wieder rückwärts in die Garage und schließe das Tor hinter mir. Nun gehe ich zu Fuß zum Supermarkt.

Nach all der Zeit, kommt es mir im Supermarkt vor wie im Schlaraffenland. Es gibt hier wirklich alles. Ich studiere jede Auslage und war doch froh, zu Fuß zu sein. Ich hätte sonst alles, was mit Erinnerungen zusammenhängt, gekauft. Allein die Auswahl der Schokolade! Ich nehme mir einen extra Riegel für den Heimweg mit. Hier im Land würde ich dick werden und mir fallen wieder die Kekse von meiner Schwester ein, die noch in meiner Tasche steckten.

Als ich zurückkomme, sitzt mein Vater nicht mehr in dem Ohrensessel. Ich wundere mich, weil es so still im Haus ist. Ich horche an der Badezimmertür – nichts. Ich schaue in den Keller – nichts. Ich gehe nach oben in die erste Etage. Dort ist neben meinem Zimmer auch das Schlafzimmer meiner Eltern. Ich öffne die Tür – nichts. Verwundert gehe ich eine Treppe höher, nach ganz oben. Im Dachgeschoss hatte meine Mutter ihre Nähstube. Es war nicht viel Platz dort oben, aber für die Nähmaschine hatte es gerade so gereicht. Ich höre schon das Rascheln, als ich die Treppe hinaufgehe. Mein Vater sitzt auf dem Fußboden zwischen all den Kleidern meiner Mutter. Ich erschrecke leicht über diesen Anblick. „Papa, ich bin es. Kann ich dir helfen, die Sachen von Mama zu sortieren?", frage ich ihn vorsichtig. Dabei schaue ich mich um. Hier hat sich aber wirklich nichts verändert in den letzten Jahren. Die Nähmaschine steht wie gewohnt direkt unter dem schrägen Dachfenster, damit meine Mutter genug Licht hatte zum Nähen. Die beiden Kleiderständer gegenüber sind leer. Mein Blick bleibt bei dem kleinen grünen Nähkästchen, auf dem Tisch, neben der Nähmaschine hängen. Ich erinnere mich, dass dort drinnen ein kleines rotes Kisschen liegt, wo ich ihre Stecknadeln reingesteckt habe. „Julchen, du bist hier? Wie schön. Ich habe die Kleidung von Mama hier erst einmal hingelegt und muss entscheiden, was sie heute anzieht", holt mich mein Vater aus meiner Erinnerung. Ich bleibe auf der letzten Stufe stehen und starre ihn an. So schlimm habe ich es jetzt nicht vermutet. Ich glaube, wir brauchen dringend Hilfe! „Papa, lass uns das später entscheiden. Komm doch erst einmal mit mir nach unten in die Küche. Wir sprechen zusammen darüber, derweil ich uns etwas koche. Ich habe mittlerweile viele verschiedene Gerichte auf der Farm gelernt." Mein Vater schaut mich an, nickt und steht auf. Er stützt sich am Stuhl ab, um wieder auf die Beine zu kommen. Ich habe ihn noch nie so alt erlebt. Er läuft mit mir die Treppe hinunter und setzt sich wieder in seinen Ohrensessel. Ich frage nicht, sondern schalte den Fernseher an. Er sah früher gerne die Nachrichten oder Wissenssendungen. Ich suche das passende Programm und gehe in die Küche. Den Biomüll hatte ich erst schon schnell entsorgt, sodass ich den Geschirrspüler ausräume. Mit sauberem Geschirr fange ich eine Suppe an zu kochen. Ich habe keine Ahnung, ob mein Vater etwas essen wird. Ich weiß eigentlich gar nichts mehr aus dem gemeinsamen Leben meiner Eltern. Ich setze mich auf den Küchenboden und fange an zu weinen.

Heute haben wir einen Termin bei dem Beerdigungsinstitut. Frauke hatte wenigstens schon mal die Einäscherung organisiert. Dadurch konnte ich leider nicht den direkten Abschied von meiner Mutter nehmen, da ich zu spät hier angekommen bin. Jetzt planten wir, eine Anzeige in die Zeitung zu setzen, und die Trauerfeier im engsten Familienkreis stattfinden zu lassen, obwohl das in dieser Kleinstadt schon fast unmöglich war. Ich nehme mir vor, heute unbedingt bei meiner Tante Irmgard anrufen. Die Schwester meiner Mutter. Sie kann mir erzählen, was hier in den letzten Monaten gelaufen ist. Von Frauke erhalte ich keine Antworten und somit muss ich mich anders informieren. Ich nehme mein Handy und fange an,

Jonas eine lange Nachricht zu schreiben. Er ist heute wieder auf dem Weg zurück auf die Farm. Er würde die Kinder abholen und am späten Abend zurück sein. Wenn auf der Farm der Strom nicht gerade ausgefallen war, konnte er meine Nachricht sogar erhalten. Ich vermisse meine Familie. Morgens kam Kaspar in unser Bett gekrabbelt und wir kuschelten einen Moment lang, bevor der Alltag losging. Die Kinder haben ein unbedarftes Leben auf der Farm. Keinen Stress morgens, kein: Schnell wir müssen in den Kindergarten. Aufstehen, einen Kakao auf die Hand, ohne Schuhe raus und spielen. Ich bin froh, wenn ich morgens die drei Hunde zu sehen bekomme. Damit war die Nacht vor unserem Haus ruhig. Leider holt sich nachts hin und wieder mal ein Leopard einen Hund oder sie werden von einer Schlange gebissen. Nur mein kleiner Dodo darf mit ins Haus. Dort liegt er in seinem kleinen Körbchen in der Küche. Hühner haben wir schon lange nicht mehr. Hühner heißt auch Schlangen in der Umgebung zu haben und das passt überhaupt nicht mit kleinen Kindern zusammen. Jonas hatte schon einige geschossen. Einfangen und wieder aussetzen, war nicht möglich. Sie kommen für gewöhnlich zurück. Unsere Mitarbeiter sind jedes Mal total panisch, wenn sie eine Schlange sehen. Sie kreischen und rennen weg. Es ist ein lustiges Schauspiel, aber auch eine ernste Lage.

Gestern Abend sah ich den Dreck in der Küche nicht. Ich ekel mich. Die nächsten Tage werde ich eine Menge putzen müssen. Ich schneide das Gemüse auf dem Holzbrett klein und lasse es mit heißem Wasser aufkochen. Brühe hatte ich gekauft, weil ich kein Fleisch im Supermarkt kaufe. Ich bekomme auf der Farm nur Fleisch von freilaufenden Tieren und kann mir hier nicht vorstellen, etwas aus der Masthaltung zu essen. Bio… Bio war bei uns alles. Hier war Bio nur teuer. Das Baguette Brot ist dafür um einiges besser hier. Ich hätte alles so aufessen können. Wir backen auf der Farm selber. Ja, es war gut, aber hin und wieder hat man Lust auf etwas anderes.

Frauke kommt doch mit zum Beerdigungsinstitut und wir legen im Institut den Beerdigungstag fest, wie die Anzeige auszusehen hat und was für Blumen dabei stehen. Unsere Mutter liebte Sonnenblumen. Sie hatte im Garten eine ganze

Reihe im Sommer stehen. Ich überlege, ob ich gestern welche gesehen hatte, als ich in die Garage lief. „Frauke, wir müssen reden", sage ich zu ihr, als wir aus dem Geschäft treten. „Willst du mir jetzt eine Predig halten über das, was ich alles nicht gemacht habe im letzten Jahr?", fragt sie mich gleich pampig. „Du bist nicht hier und du hast auch kein Recht, dich einzumischen. In ein paar Wochen bist du wieder weg und ich sitze hier mit unserem Vater alleine, während du mit deiner Familie die Sonne Afrikas genießt." Oh man, das trifft mich hart. Ich ahne, dass die Wunde tief ist, aber nicht so tief. „Was ist dein Problem", ballere ich ihr entgegen. „Gönnst du mir mein Leben nicht? Fühlst du dich alleine gelassen? Warum hast du keinen Stecher? Nur weil du keine Familie hast, musst du doch nicht so eine Feindseligkeit auf mein Leben haben!" Ich gehe zu Fuß los und spüre den bösen Blick meiner Schwester im Rücken. So komme ich nicht weiter. Es fängt wieder an zu regnen und neben mir hält das Auto von Frauke. Sie lässt die Scheibe herunter. „Komm steig ein", befiehlt Frauke. „Es hilft jetzt niemandem, wenn wir uns streiten." Da hat sie recht. Ich steig in ihren kleinen roten Sportflitzer. Wenn man eine Familie hat, kann man sich so ein Auto nicht leisten oder es ist total unpraktisch. Frauke hat sich halt für ihre Karriere entschieden, aber dafür ist sie einsam. Ich spüre es. Sie ist eine einsame Frau, in einer schicken Wohnung mit einem roten kleinen Sportwagen. Vor der Haustür unserer Eltern macht sie wieder keinerlei Anstalten auszusteigen. Ich öffne die Autotür und schaue sie an. „Ich möchte die Tage gerne noch mit dir reden. Ich weiß nicht, was die letzten Jahre alles hier vorgefallen ist und ich bitte dich darum, mich aufzuklären." Sie sieht weiterhin geradeaus. „Dafür benötigen wir Zeit. Ich weiß nicht, ob du diese Zeit hast und ob du alles hören willst." „Ich will wissen, was hier los gewesen ist! Ich will wissen, was meine Familie kaputt gemacht hat und ich nehme mir die Zeit, egal wie lange es dauert! Deswegen bin ich hier. Frauke, lass uns endlich reden! Papa ist so... so anders. Als ob er dement wird. Hilf mir, das alles zu verstehen". Sie nickt und ich steige aus. Sie fährt mit quietschenden Reifen davon und ich stehe hier vor dem Haus meiner Eltern im Regen und fühle mich verdammt hilflos.

Träume die platzen

Nachdem ich Wäsche gewaschen und den unteren Teil des Hauses gesaugt habe, nehme ich den Hörer und wähle die Telefonnummer von meiner Tante. Als ich ihre vertraute Stimme höre, wird mir warm ums Herz. „Hallo Tante Irmgard, hier ist Jule. Ich bin bei meinen Eltern… ähm bei meinem Vater." „Hallo Jule! Es ist so schön, deine Stimme zu hören! Es tut mir so leid, was passiert ist. Ich hoffe, es geht dir gut?", kommt die ruhige sympathische Stimme meiner Tante mir entgegen. „Ja, es geht so. Ich möchte gerne mit dir reden", frage ich sie gleich. „Natürlich! Komme morgen Nachmittag zum Kaffee und Kuchen. Ich mache für dich deinen Lieblingskuchen. Du isst doch noch Erdbeerkuchen mit Sahne?" „Oh ja! Das ist aber lieb von dir. Ich bin gegen 15 Uhr bei dir und ich freue mich". „Ja Liebes, schön dich nach all den Jahren mal wieder zu sehen. Bis morgen."

Ich sehe nach meinem Vater. Er sitzt wie erwartet in seinem Ohrensessel. „Papa, ich mache uns etwas zu essen." Er reagiert wieder nicht. Ich fühle mich so hilflos und weiß überhaupt nicht, wo ich bei ihm ansetzen soll. In diesem Zustand kann ich meinen Vater auf gar keinen Fall alleine zurücklassen und auf meine Schwester kann ich mich nicht mehr verlassen. Ich habe zu viele Fragen und leider keine Antworten.

Mein Telefon klingelt über WhatsApp. Endlich Jonas! „Hallo mein Schatz", höre ich durch den Lautsprecher. „Was ist denn bei euch los?", fragt er. „Ach Jonas, es ist alles so anders hier. Eine völlig andere Welt hat mich hier erwartet und ich habe auf alles keine Antworten mehr." Ich fange leise an zu weinen, damit mein Vater das nicht hört. „Süße, nimm dir alle Zeit der Welt, die du dafür brauchst. Wir vermissen dich hier zwar schrecklich, aber deine Familie geht jetzt vor. Ich soll dir ganz viele dicke Knutscher von Kaspar und Alina geben. Alina ist unausstehlich, seitdem du weg bist", lacht er. Ich muss grinsen. Seine Stimme kam abgehackt herüber. „Jonas, wo bist du? Deine Stimme kommt nur stückweise hier an." „Ich stehe oben auf dem Farmdach und hoffe, wenigstens hier etwas Netz zu haben." „Du stehst wo?", rufe ich erschrocken und schon war er wieder weg. „Also auch auf dem Farmdach haben wir keinen guten Empfang", grinse ich. Ich lege auf, weil die Leitung unterbrochen wurde. Ich schicke ihm eine kurze Sprachnachricht. Die wird nicht gleich zugestellt. Damit war das Internet wieder weitergezogen zum Nachbarn, kommt es mir schräg in den Kopf.

Die Situation in diesem Hause ist kein Zustand, denke ich mir, als ich am nächsten Morgen aufwache. Ich erhoffe mir etwas Klarheit von meiner Tante, wenn schon sonst keiner mit mir redet. Ich gehe nach unten und mein Vater ist nicht zu finden. Ich suche ihn im ganzen Haus, aber er ist nicht da. Somit sehe ich aus dem Küchenfenster und überlege mir den nächsten Schritt. Ich würde schon gerne erst einmal den Dachboden leerräumen, aber das möchte ich gemeinsam mit meinem Vater bewerkstelligen. Das Telefon klingelt und ich erschrecke mich und nehme den Hörer ab. „Jule Kramer", sage ich mit meinem Mädchennamen. „Hier ist die Praxis Dr. Winkler. Der Herr Kramer sitzt hier im Wartezimmer und müsste abgeholt werden." „Mein Vater ist bei Ihnen? Wo muss ich hinkommen, um ihn abzuholen? Er hat mir nicht gesagt, dass er einen Termin bei Ihnen hat." Irritiert schaue ich auf seinen Ohrensessel. „Kommen Sie in die Lüneburger Straße. Den Rest erklären wir Ihnen hier." Damit legt die Arzthelferin wieder auf. Ich erinner mich noch, dass die Straße hier gleich um die Ecke sein musste. Ich schnappe mir den Haustürschlüssel und laufe los. Bekomme ich endlich ein paar Erklärungen? Voller Erwartung öffne ich die Tür der Praxis. Dort sehe ich schon meinen Vater im Warteraum sitzen. Er grinst, als er mich sieht. „Jule, was machst du denn hier? Bist du wieder hier?" Ich starre ihn an. Wie oft will er mich das noch fragen? Ich gehe zum Empfangstresen. „Ich bin Jule… Jule Kramer und hole meinen Vater ab. Könnte ich kurz mit dem Doktor sprechen? Ich komme aus dem Ausland und bin nur eine kurze Zeit hier." Die Arzthelferin sieht mich mit finsterem Blick an. Meine Adern gefrieren. „Das ist ja nett, dass sich endlich mal jemand Zeit nimmt in dieser Familie. Bitte setzen sie sich dort hin. Der Arzt nimmt sich gleich Zeit für Sie." Wow, damit habe ich ja nun gar nicht gerechnet. Ich setze mich artig auf den von ihr zugewiesenen Stuhl und warte geduldig. Die Tür geht auf und ich zucke leicht zusammen. „Frau Kramer? Kommen Sie bitte kurz herein," sagt der ältere Mann vor mir. „Der Arzt war ja schon scheintot," denke ich mir. Die Tür schließt sich hinter mir und er setzt sich an seinen Schreibtisch. „Mich freut es, dass endlich mal jemand in ihrer Familie mit mir das Gespräch sucht." Das habe ich doch eben schon einmal gehört. „Ich behandle ihre Eltern so viele Jahre und jetzt nachdem ihre Mutter verstorben ist, baut ihr Vater weiter ab." Ich setze kurz an, um etwas zu erwidern, aber er redet gleich weiter. „Ihr Vater hat Morbus Alzheimer oder einfacher zu verstehen: Alzheimer-Demenz." Mein fragender Blick hält ihn nicht auf. „Das ist die häufigste Form einer Demenzerkrankung. Die Nervenzellen im Gehirn sterben langsam ab. Er ist jetzt im 2. Stadium. Er fängt an zu vergessen und wird orientierungslos," erklärt mir der Arzt wie ein Roboter. „Seit wann ist das bekannt?", frage ich ihn, als er Luft holt. „Mit ihrer Mutter hatte ich das schon alles besprochen." Er schaut in die Akte. „Ja, hier steht es. Seit zwei Jahren sind die Anzeichen bekannt." Zwei Jahre! Mir wurde heiß. „Was war mit meiner Mutter?", frage ich mit Tränen in den Augen. „Ihre Mutter hatte Brustkrebs. Wussten Sie das denn nicht?" Ich schaue ihn mit aufgerissenen Augen an. „Nein, mit mir hat keiner darüber gesprochen. Wenn ich aus dem Ausland anrief, hieß es nur, es ist alles in Ordnung." Mir wird übel und ich fange an zu zittern. „Sie hätte sich einer Chemotherapie unterziehen müssen, aber sie wollte es nicht. Sie hat gesagt, sie kann ihren Mann nicht alleine lassen. Es war ihre alleinige Entscheidung. Wir hatten ihr angeboten, dass Ihr Vater vorübergehend in einer Kurzzeitpflege untergebracht wird, aber Ihre Mutter hat alles abgelehnt. Sie war eine starke und tapfere Frau. Sie hat mir von Ihnen erzählt und war aber zugleich traurig, dass sie ihre Enkelkinder nicht aufwachsen sah." Jetzt reicht es mir! Mehr schlechtes Gewissen kann man in so kurzer Zeit jemandem nicht zukommen lassen. Der Arzt steht auf. „Bringen Sie Ihren Vater nach Hause. Er braucht jetzt Ruhe und bevor Sie wieder in den Flieger steigen, müssen Sie einiges hier organisieren. Ihr Vater benötigt Stabilität im Alltag und das heißt, er braucht Betreuung und in kurzer Zeit auch eine Pflegeeinrichtung." Damit steht er auf und öffnet seine Tür und schiebt mich hinaus. Bum! Da stehe ich in der Praxis und der Boden wird mir unter den Füßen weggezogen.

Ich wache auf einer Liege in einem kleinen Raum wieder auf. Eine Krankenschwester steht neben mir. „Na Frau Kramer, sind Sie wieder da," lächelt sie. Ich setze mich auf. „Wo ist mein Vater?". „Er sitzt noch im Wartezimmer," lächelt sie. Sie gibt mir ein Glas Wasser und steht auf. Meine Gedanken sind noch wie benebelt. Ich gehe zurück in das Wartezimmer, da lächelt mein Vater mich an. „Jule, bist du endlich gekommen, um mich abzuholen?" „Ja Papa. Lass uns nach Hause gehen." Ich laufe wie in Trance mit meinem Vater die Straße entlang. Warum hat mich keiner informiert? Warum hat Frauke mich nicht angerufen? Warum? Warum? So viele Fragen rennen durch meinen Kopf.

Zuhause koche ich schnell etwas für uns. Nach dem Essen setzt sich mein Vater zurück in seinen Ohrensessel und hält seinen Mittagsschlaf.

Ich sitze am Küchentisch und überlege, wie groß der Schnaps ist, den ich jetzt trinken müsste.

Leere Antworten

Ich bin gerade auf dem Weg zu meiner Tante, als ein Auto hupend an mir vorbeifährt und den Blinker nach rechts setzt. Die Fahrertür springt auf und ich höre ein: „Jule!" Dort steht winkend meine frühere beste Freundin Hanna. Lachend kommt sie mir entgegen und wir fallen uns in die Arme. „Was machst du denn hier?", ruft sie total aufgeregt. „Ach Hanna. Das ist eine lange Geschichte. Ich mache es kurz. Meine Mutter ist gestorben." „Oh das tut mir so leid Jule!", und sie drückt mich einmal kräftig. „Bleibst du länger? Können wir uns treffen?", fragt sie. „Ja natürlich! Sehr gerne." „Okay warte", und damit läuft sie zu ihrem Auto zurück und krabbelt hinten auf die Rücksitzbank. Mit einem Zettel in der Hand, kommt sie zurück. „Hier meine Telefonnummer und melde dich bald. Ich muss jetzt meinen Sohn abholen vom Fußball." Sie winkt noch und fährt davon. Ach was habe ich sie vermisst. Ich habe meine Vergangenheit einfach zurückgelassen - der Liebe wegen. Nachdenklich gehe ich weiter. Ich muss eine Lösung finden und das kann ich nicht alles alleine organisieren. Es wird Zeit, dass Frauke und ich uns wie Erwachsene an einen Tisch zusammensetzen, um den nächsten Schritt zu besprechen. Die Sonne drängt sich zwischen den Wolken hervor und ich öffne meine Jacke. Modern ist etwas anderes, aber das ist mir mittlerweile egal. Ich merke jeden Tag, dass ich mich verändert habe. Mir ist die Gesellschaft hier zu hektisch. Ich habe mich schon zu sehr an das Leben in Namibia angepasst.

Ich stehe vor dem Haus meiner Tante. Sie bewohnt alleine dort eine Wohnung. Ich gehe die Treppe hinauf und drücke die Klingel.

Meine Tante öffnet mir die Tür und drückt mich mit all ihrer Herzlichkeit an die Brust. „Ach mein Kind. Es ist so schön, dich wiederzusehen! Wie geht es dir, was machen deine Kinder, wie ist es in Afrika…", sprudelt es aus ihr heraus. „Stopp Tante Irmgard", lache ich. „Lass mich doch erst einmal los, um zu Luft zu kommen." „Ach ja", lacht sie. „Komm rein und erzähle mir alles von dir." Meine Tante hatte ihren Mann schon vor vielen Jahren bei einem Autounfall verloren und lebt in einer kleinen Wohnung mit Balkon. Sie hat, wie ich es früher schon kannte, alles fein säuberlich aufgeräumt und der kleine Esstisch ist mit dem guten Kaffeeservice eingedeckt. In der Mitte des Tisches steht eine verführerische Erdbeertorte und daneben eine Schüssel mit Sahne. Was für ein Anblick! Wie lange habe ich keine Erdbeeren mehr gegessen. Ich setze mich an den Tisch und der Speichel in meinem Mund fließt wie ein Wasserfall den Rachen hinunter. Ich werde fast sentimental. Der Kaffee in der Tasse dampft und während ich mir den ersten Bissen in den Mund schaufel, schaut sie mich an. „Du hast dich etwas verändert Jule. Du bist dünner und deine Haut sieht aus wie Leder." Ich weiß, dass sie es nicht böse meint. Sie hat mich immerhin 7 Jahre nicht mehr gesehen. „Du kannst bei deiner Figur zwei Stücke mit Sahne essen", lacht sie. Ich will nicht über mich sprechen, sondern von meiner Mutter. „Ach Tante, mir geht es sehr gut. Ich habe einen liebevollen Mann und zwei bezaubernde Kinder. Klar ist das Leben nicht einfach auf einer Farm, aber wir lieben uns und das ist das Wichtigste." Sie sieht mich liebevoll an. Die beiden Schwestern sind sich so ähnlich. Meine Gedanken überschlagen sich. Ich spüre die Tränen in meinen Augen und starre in die Kaffeetasse. Meine Tante nimmt meine Hand. „Jule, es ist eine schwierige Zeit für dich und deine Schwester. Ich weiß, es lief alles zu schnell für euch, aber es war der Weg, den eure Mutter so wählte." Ich schaue sie durch meine glasigen Augen an. „Aber warum hat sie diesen Weg gewählt? Wie konnte sie uns das antun. Warum hat sie nichts unternommen und warum hat sie nicht um Hilfe gebeten?" Ihr Blick wird ernst. „Dein Vater… Na ja, ihm geht es nicht mehr so gut und deine Mutter konnte ihn nicht lange alleine lassen. Er war dreimal orientierungslos weggelaufen und wurde von der Polizei wieder zurückgebracht. Das erste Mal, wo er nicht nach Hause fand, war der Tag, an dem eure Mutter ihre Diagnose bekommen hatte. Sie hatte einige Stunden im Krankenhaus verbracht und als sie nach Hause kam, war euer Vater nicht da. Elisabeth hatte sich nichts dabei gedacht, aber es wurde dunkel und Richard war immer noch nicht zurück. Sie rief mich an und wir suchten nach ihm. Stundenlang liefen wir durch die Straßen. Es war Herbst und der Wind fegte durch die Straßen. Wir waren völlig durchgefroren und durchnässt und deine Mutter wurde fast wahnsinnig. Sie hatte ja noch mit ihrer Diagnose zu kämpfen und dann das.

Gegen Mitternacht riefen wir die Polizei. Es heißt, man soll 24 Stunden warten, aber das war uns nicht möglich. Die Polizei fand ihn gegen 4 Uhr morgens auf einer Parkbank am Ufer der Weser. Er war deutlich unterkühlt und er blieb einen Tag im Krankenhaus." Ich schaue sie an. „Was war mit meiner Mutter? Nach so einer Diagnose?" Irmgard sieht aus dem Fenster. „Deine Mutter war eine starke Frau. Sie hatte gehofft, dass ihre Krankheit nicht so schnell fortschreiten würde. Ich hatte nichts gemerkt. Ich nahm an, sie ist so aufgewühlt, weil Richard weg war. Sie kümmerte sich die nächsten Wochen nur um ihn und eines Tages war er wieder weg. Das gleiche Spiel noch einmal. Nur warteten wir diesmal nicht so lange mit dem Anruf bei der Polizei. Sie fanden ihn auch relativ schnell. Er stand vor dem Kartenhäuschen am Weserstadion. Er wollte sich eine Eintrittskarte kaufen für das Fußballspiel, aber nicht um 21 Uhr abends!" Mein Gedanke viel auf meine Schwester. „Was war mit Frauke? Wusste sie das mit unserem Vater?" „Doch natürlich! Sie kam die Tage daraufhin täglich vorbei und versuchte zu helfen, aber keiner erahnte etwas von der Erkrankung deiner Mutter. Sie baute weiter ab. Deine Mutter wurde dünner und legte sich mehrmals über den Tag verteilt hin. Eines Tages kam Frauke zu mir und fragte mich, ob ich mit Elisabeth mal reden könnte. Selbstverständlich habe ich das sofort das Gespräch gesucht, aber sie erklärte mir, dass es ihr alles zu viel wird." Sie schaut mich an und spricht sanft weiter. „Sie vermisste dich. Sie sprach jeden Tag von dir. Sie war traurig, dass sie ihre Enkelkinder nicht aufwachsen sieht und an deinem Leben nicht mehr teilhaben konnte." Das höre ich nun schon zum zweiten Mal und es versetzt mir wieder einen Stich in mein Herz. Meine Mutter und ich waren früher eine Einheit. Mehr wie Frauke es mit ihr je sein wird. Das war immer das Problem in dieser Familie. Frauke war ständig eifersüchtig auf mich und das jedes Jahr mehr. „Deine Mutter musste ins Krankenhaus für den nächsten Schritt und weihte mich ein. Ich gab ihr das Versprechen, niemandem etwas zu sagen. Wir erzählten Richard, dass es sich um eine Frauensache handelte – was ja auch stimmte – und ich fuhr sie in die Klinik. Als ich zurückkam, war Richard wieder verschwunden. Zwei Tage lang hatte man ihn gesucht. Deine Mutter kam am nächsten Tag aus dem Krankenhaus zurück und beschloss, sich nicht weiter behandeln zu lassen. Ich bin richtig sauer geworden! Aber sie war ein Dickkopf genauso wie du." Tante Irmgard steht auf und holt sich ein Glas Wasser. Meine Welt war gerade aus den Fugen geraten. Warum hat mir keiner etwas gesagt? Ich hätte doch geholfen! „Was war mit Frauke?", frage ich vorsichtig. „Dein Vater ist in einem Moment in die Vergangenheit abgetaucht und sprach Frauke mit deinem Namen an. Du weißt, wie deine Schwester darauf reagiert. Sie wurde sauer und beide stritten sich furchtbar. Im Verlauf des Gespräches sagte Richard zu ihr, sie soll gehen und nicht wieder herkommen. Er will nur seine Jule zurück. Verständlich, dass sie gegangen ist und ein ganzes Jahr nicht wieder zurückkam." Ich schlucke. Ein ganzes Jahr! Frauke wohnt in derselben Stadt wie unsere Eltern und sieht sie ein ganzes Jahr nicht mehr. Ich sehe meine Tante an. „Gibt es noch etwas, von dem ich wissen sollte?"

Traurige Wahrheit

Ich gehe aufgewühlt zurück zu meinem Vater. Tante Irmgard meinte, dass es genug Informationen für heute gewesen sind. Ich wäre am liebsten auf dem direkten Weg zu Frauke gegangen. Wie konnte sie unsere Mutter so im Stich lassen! Was hat sie der Familie angetan! Es regnet schon wieder, aber ich spüre keine Tropfen auf meiner Haut. Ich bin so wütend! Wütend auf mich selbst, dass man mir all die Jahre etwas vorgespielt hat. Wütend auf meine Familie, die mich in so einer Unwissenheit gelassen hatte. Ich hatte nur einen Blick auf meine neue Welt geworfen und die Zeichen hier bei meiner Familie nicht gesehen. Zitternd versuche ich den Schlüssel in die Haustür von meinen Eltern zu stecken. Ich öffne die Tür und es war wieder mal kein Licht an. Wo war mein Vater schon wieder? Ich fange an zu frieren. Er ist im ganzen Haus nicht aufzufinden und ich ahne es. Wo kann er sonst um diese Zeit sein? Ich ziehe meine nassen Sachen aus und gehe kurz duschen.

Das heiße Wasser erwärmt die Haut und meine Füße spüren wieder das Leben. Einfach den Hahn aufdrehen und das Wasser kommt aus der Leitung, egal ob kalt oder warm. Wasser ist hier so selbstverständlich. Auf der Farm hatten wir abends oft nur kaltes Wasser, aber bei der Hitze ist das gar nicht so schlimm. Unser Strom kommt über die Solaranlage und wenn zwei elektrische Geräte zur Zeit liefen, kam es schon mal zum Stromausfall. Wenn die Solaranlage wieder den Geist aufgab, dauerte es Tage, bis Jonas an die Ersatzteile herankommt. Für diese Zeit haben wir einen Donkey. Ich muss lächeln bei diesem Begriff. Was würden die Leute hier denken, wenn ich das erzählen würde. Einen Donkey! Sogar Kaspar konnte schon mit 4 Jahren Feuer darin machen, in dem Boiler aus Metall. Er legte das kleingekappte Holz in die Öffnung des Boilers und zündete es an. Eine Stunde später war das Wasser, was im Boiler war, heiß und wir hatten bis zum nächsten Morgen warmes Wasser. So lief es oft über viele Tage und ich denke an die Selbstständigkeit unserer Kinder auf der Farm. Kaspar kann mit 6 Jahren schon das Auto fahren. Unvorstellbar hier in Deutschland! Aber für ihn ein Erlebnis, alleine über die Farm zu fahren. Wenn ich wieder zurück bin, ist er im Internat und ich mit meiner Prinzessin alleine zu Hause. Das Gefühl erdrückt mich zusätzlich. Alina ist die Nächste, die ins Internat kommt und dann bin ich mit Jonas alleine auf der Farm. Ich steige aus der Dusche und trockne mich ab. Jetzt muss ich erst einmal meinen Vater finden. Es ist mittlerweile 22 Uhr und ich rufe Frauke an. Ich nehme mir vor, nett sein und sie nicht gleich anzufeinden, weil sie die Familie im Stich gelassen hatte. „Hi Jule hier. Ist Papa bei dir?", frage ich sie gleich. „Bei mir", sie lacht. „Ist er wieder mal weggelaufen? Wäre ja nicht zum ersten Mal", meint sie sarkastisch. „Sag einmal, spinnst du! Es regnet draußen!", ballere ich ihr ungehalten entgegen. „Ach Jule. Er ist schon ein paar Mal weggewesen und er wurde bisher gefunden. Oder ich würde sagen, du hast nicht richtig aufgepasst – Ironie off." Wow, das trifft mich! Ich lege auf und hätte das Telefon am liebsten an die Wand geschmissen. Was bildet sich meine Schwester ein! Ich wähle die Nummer meiner Tante. Sie verspricht mir, den netten Polizisten anzurufen, der bisher meinen Vater wieder gebracht hatte. Somit stehe ich in der Küche, schaue aus dem Fenster und sehe, wie der

Regen dagegen trommelt. Über Stunden gehe ich auf und ab. Wo sollte ich suchen? Es würden niemandem helfen, wenn ich in den nächsten Tagen krank im Bett liegen würde. Ich setze mich in den Ohrensessel und hoffe darauf, dass wir hier bald eine Lösung finden, damit ich wieder nach Hause kann.

Gegen 2 Uhr in der Nacht klingelt es an der Tür. Aufgeregt öffne ich die Tür und sehe zwei Polizisten, aber nicht meinen Vater. „Guten Abend Frau Kramer. Wir haben ihren Vater auf der Parkbank an der Weser gefunden. Er war total durchnässt und wir haben ihn erst einmal in das Krankenhaus gebracht. Sie möchten sich dort morgen melden." Erleichtert fällt mir ein Stein vom Herzen. „Wir haben ihren Vater jetzt zum vierten Mal suchen müssen und es ist an der Zeit, dass sie sich innerhalb der Familie mal Gedanken machen, wie es so weitergeht", höre ich von dem Jüngeren der beiden. „Ja natürlich. Wir sind schon dabei, aber so etwas geht leider nicht von heute auf morgen." Ich schaue die beiden an. Sie nicken mir zu, wünschen eine gute Nacht und laufen wieder die Treppe herunter zu ihrem Polizeifahrzeug. Was soll das heißen: Wie es weitergehen soll? Ich kann schlecht meinen Vater mal eben so in ein Heim abschieben. Ich setze mich auf den Fußboden im Flur und lehne mich an die unterste Stufe der Treppe. Meine Gedanken überschlagen sich. Es ist alles zu viel für einen Tag und ich habe so eine Ahnung, dass noch mehr kommen wird.

Ich öffne meine Augen und liege noch immer im Flur auf dem Boden. Mir ist kalt und mein Nacken tut mir weh. Ich realisiere, dass ich eingeschlafen bin hier auf dem harten Fußboden. Ich schaue auf die Uhr an der Küchenwand und stelle fest, dass gerade mal eine Stunde vergangen ist. Ich stehe auf und strecke meine Knochen und mein Weg geht ins Wohnzimmer. Mein Blick fällt auf das Barfach meines Vaters. Ich öffne es und sehe, dass dort etliche Sorten Whiskey und ein Obstler stehen. Whiskey mochte ich nicht, obwohl mein Vater darüber schon Bücher studiert hatte. Er hatte uns schon als junge Frauen die einzelnen Unterschiede erklärt und wenn es an das Probieren ging, war ich schnell weg. Ich bekam das Getränk einfach nicht durch den Hals und ich höre jetzt noch seine Worte „Du bist aber wirklich kein Genussmensch

Jule!" Ich nehme den Obstler und eines seiner Whiskeygläser. Wenn er das jetzt sehen würde, gebe es aber eine lange Aufklärung über den Unterschied von Schnapsgläsern. Er ist aber nicht hier und somit schenke ich mir einen doppelten Obstler ein. Ich habe nicht gesehen, dass er die letzten Tage sich irgendetwas hier rausgenommen hat. Gläser standen nicht in der Spüle, damit trinkt er nicht mehr. Ich setze mich in seinen Sessel und schenke mir einen zweiten doppelten Obstler ein. Na ja, es war eher ein Dreifacher. Mir fehlt Jonas so sehr. Ich muss dringend mit ihm sprechen. Ich blicke auf mein Smartphone und sehe, dass die letzte Nachricht noch nicht zugestellt ist. Das ist aber auch zum Verfluchen!

Ich wache auf und sehe, dass es schon hell ist. Oh man, alle meine Knochen spüre ich. Der Sessel eignet sich nicht zum Schlafen, auch nicht mit Alkohol. Ich rufe wieder bei meiner Tante an und erzähle ihr, dass ich jetzt ins Krankenhaus gehe um nach meinem Vater zu sehen. Sie will uns später etwas zum Essen vorbeibringen. Warum soll ich mich hier eigentlich um alles kümmern? Frauke kann mich mal mit ihrem schicken Sportwagen abholen und mitkommen. Ich wähle ihre Nummer. Der Anrufbeantworter geht an. Ich lege gleich wieder auf und schreibe ihr eine Nachricht. Diese wird zugestellt und es kommt prompt eine Antwort „Bin bei einem Kunden. Keine Zeit." So geht es nicht weiter. Ich habe das Gefühl, alleine vor einem großen Berg zu stehen. Ich koche mir schnell einen Kaffee und ziehe meine noch nassen Schuhe von gestern an. Ach, das ist jetzt egal, da das Wetter weiterhin grau in grau ist und der nächste Regen schon auf mich wartet. Ich habe irgendwo die Regenjacke meiner Mutter gesehen. Ich gehe schnell noch einmal nach ganz oben und tatsächlich, da liegt der gelbe Ostfriesennerz auf dem Stapel der anderen Kleider, die mein Vater aussortiert hatte. Ich schnappe mir die Jacke und renne wieder nach unten, schlüpfe in die Jacke und gehe Richtung Straßenbahnhaltestelle. Die nächste Bahn kommt in 6 Minuten, steht auf dem Fahrplan im Wartehäuschen. Ich stecke meine Hände in die Tasche der Jacke. Etwas Spitzes berührt meine Finger. Aus Reflex ziehe ich schnell meine Hand aus der Tasche. Hallo, kommt es in meinem Kopf, du bist in Deutschland und da wird kein Skorpion in einer Jackentasche sitzen. Ich muss lächeln. Ich greife ein zweites Mal in die rechte Tasche und ziehe den spitzen Gegenstand heraus. Ich öffne meine Handfläche und schaue auf einen kleinen Elefanten. Er hat winzige kleine weiße Stoßzähne und ist aus Holz geschnitzt. Ich sehe mir das süße Tierchen genauer an. Unter dem Bauch sind zwei Initialen C-W. Ich drehe das kleine Tier zwischen meinen Fingern und überlege angestrengt, welche Initialen das sind. Die Straßenbahn fährt vor und ich stecke den Elefanten zurück in die Tasche. Was für eine verrückte Welt sich gerade um mich herum abspielt!

Erinnerungen erlöschen

Mein Vater ist in einem speziellen Trakt im Krankenhaus untergebracht. Es ist die Psychiatrie in der geschlossenen Etage. Ich muss mich ausweisen, um zu ihm zu kommen, und dabei stelle ich fest, dass mein Personalausweis schon lange abgelaufen ist. Ich hatte den Ausweis auf der Farm eingesteckt, und nicht darauf geachtet, wie lange dieser noch gültig ist. „Sie müssen Ihren Ausweis dringend erneuern", sagt mir die Stationsschwester. Sie macht eine Ausnahme und lässt mich zu meinen Vater. „Papa?", rufe ich, als ich das Zimmer betrete, wo er auf dem Bett liegt. „Jule mein Schatz! Bist du mal wieder hier im Land? Schön dich zu sehen. Mama muss auch gleich herkommen", erwidert er. Ich stehe in der Tür und mir fehlen die Worte. Was macht man mit einem Menschen, der in seiner eigenen Welt lebt? „Ja, Mama kommt auch gleich", sage ich leise zu ihm und schließe die Tür hinter mir. Mein Vater schließt seine Augen und lächelt. Ich sitze schweigend neben ihm. Später kommt eine Krankenschwester und fragt mich, ob ich mit der behandelnden Ärztin sprechen möchte. Ich nicke und gehe leise aus dem Zimmer. Sie bringt mich in das Sprechzimmer der Ärztin. Dort sitzt eine junge Frau in einem weißen Kittel. „Das ist Frau Dr. Sonna. Sie behandelt ihren Vater", und damit verlässt die Krankenschwester den Raum. „Guten Tag Frau Kramer. Bitte setzen sie sich." Sie bietet mir einen Stuhl an. „Ihr Vater ist schon ein paar Mal nicht nach Hause gekommen?", fragt sie. Ich nicke vorsichtig. Ich weiß nichts weiter dazu zu sagen, weil ich selber gerade erst diese ganzen

Informationen erhalten habe. „Ihr Vater ist in der Stufe 4 der Erkrankung Alzheimer. Er hat ein mäßig vermindertes Wahrnehmungsvermögen." Ich unterbreche die Ärztin. „Wie Stufe 4! Mir hat sein behandelnder Arzt eben erst gesagt, er ist in Stufe 2. Was heißt das jetzt für uns?" Etwas erschüttert sitze ich vor der Ärztin. „Das heißt, er vergisst zum Beispiel zurückliegende Ereignisse." Das passt. Er vergisst doch immer wieder, dass ich hier bin und das Mama nicht mehr da ist, schießt es mir in den Kopf. „Außerdem ist er in sich zurückgezogen und nimmt sein Umfeld vermehrt nicht war. Er kann in diesem Zustand nicht mehr alleine leben. Sie sollten sich um eine Einrichtung kümmern, wenn die Familie die Betreuung nicht leisten kann. Diese Erkrankung hat er schon einige Zeit und die nächste Verschlechterung ist nicht aufzuhalten." Ich starre die Ärztin an. „Und was mache ich jetzt? Ich bin eben erst aus dem Ausland hier angekommen, weil meine Mutter gestorben ist. Ich fliege bald wieder zurück." Etwas irritiert sieht sie mich an. „Na ja, das ist keine Sache von zwei Tagen. Einen Platz in einer Altersresidenz ist nicht so schnell zu bekommen. Sprechen Sie mit einem meiner Kollegen vorne am Tresen. Sie können

Ihnen erst einmal Informationen geben und binden Sie die Pflegeversicherung ihres Vaters mit ein. Hat er schon eine Pflegestufe?" Ich schüttele nur den Kopf, weil ich das nicht wusste. „Sie übernehmen grundsätzlich einen Teil der Kosten und so leid es mir tut, muss die Familie für den Rest aufkommen." Sie steht auf und geht zur Tür. Was! Wie soll ich das finanzieren? Ich kann das nicht alles auf Frauke abwälzen. Und jetzt? Ich bekomme Infomaterial und weg? Ich habe Fragen über Fragen im Kopf. „Wann kann ich meinem Vater wieder mitnehmen?", frage ich sie. „Morgen erst. Er bleibt noch eine Nacht. Kommen Sie morgen gegen 10 Uhr und er wird Sie erwarten." Damit schiebt sie mich durch die Tür. Die Krankenschwester drückt mir einen Haufen Broschüren in die Hand und ich stehe wieder alleine da. Ich gehe noch kurz zu meinem Vater in das Zimmer, aber er schläft fest. Ich renne fast nach draußen und rufe Frauke an, aber der Anrufbeantworter geht schon wieder an. Absolut genervt spreche ich auf den AB. „Morgen um 10 Uhr müssen wir Papa aus dem Krankenhaus abholen und ich mache das nicht alleine! Hole mich um halb zehn bitte ab und wir fahren zusammen ins Krankenhaus." Das sollte reichen. Meine Schwester kann mich mit diesem ganzen Mist nicht alleine lassen!

Ich gehe wieder zurück nach Hause, dass mein Zuhause gar nicht mehr ist, aber es einmal war. Ich schließe die Haustür auf und vermisse meine Mutter. Sie ist weg – für immer. Ich ziehe ihren Regenmantel aus und hänge ihn an die Garderobe. Den kleinen Elefanten hole ich aus der Tasche und stelle ihn auf das kleine Schränkchen im Flur. Ich hatte bislang keine Zeit zu trauern. Das fehlt mir so sehr! Ich starre auf das Familienporträt an der Wand über der Treppe. Meine Familie ist nicht mehr das, was dort auf dem Bild zu sehen ist. Ich setze mich in die Küche und verteile die Prospekte quer auf dem Tisch. Ich sehe wieder auf mein Smartphone. Die Nachricht an Jonas ist immer noch nicht mit blauen Haken versehen. Ach, was gäbe ich jetzt für eine Umarmung von ihm und ein paar liebevolle Worte! Es klingelt an der Haustür. Ich stehe schwerfällig auf und sehe durch die Scheibe in der Haustür, dass meine Tante davorsteht. „Hallo Tante Irmgard. Bin ich froh dich zu sehen." Sie lächelt mich an „Hallo Jule. Ist dein Vater wieder zurück?", fragt sie mich. „Nein.

Er kommt morgen Vormittag erst wieder nach Hause", und ich erzähle ihr das, was die Ärztin mir gesagt hatte. „Ach mein Kind, dein Vater ist schon so lange krank, aber deine Mutter hat es ignoriert. Du weißt, wie sehr sich die beiden liebten. Es war die perfekte Verbindung nach allem, was einmal passiert war." Ich hole gerade die Teller aus dem Schrank, weil meine Tante den Korb voller Essen dabei hat, als ich die Worte höre: „Was ist denn damals alles passiert? Wir reden nicht von jetzt oder?", frage ich sie. „Jule, das ist eine lange Geschichte. Es war ein Geheimnis zwischen deinen Eltern und mir. Ich musste es Elisabeth versprechen, dass ich euch nie etwas erzählen würde. Bis eines Tages jemand hier vor der Tür stand und das Geheimnis drohte zu platzen.

50 Jahre zuvor

„Elisa!", ruft meine Mutter. „Elisa!". Ich stehe auf dem Kartoffelacker meiner Eltern und muss das Unkraut ziehen. Ich frage mich echt, warum ich mit

16 Jahren nicht wie andere Mädchen meine Haare lockig machen darf oder mir die Nägel lackieren. Nein, ich muss mit meiner älteren Schwester Irmgard jeden Nachmittag auf dem Acker stehen und helfen. Meine Fingernägel sehen schon wieder so dreckig aus. „Was ist denn Mama?", brülle ich zurück. „Komm mal eben her, hier ist ein junger Mann aus deiner Klasse." Ach, das auch noch. Ich schmiss das gezupfte Unkraut einfach wieder auf dem Boden und stampfe mit den grünen viel zu großen Gummistiefeln über den Acker. Ich gehe zuerst in die Waschküche und schrubbe meine Hände und die Fingernägel. Der Dreck unter den Nägeln geht aber nicht ab. Fluchend schmeiß ich die blöde kleine Bürste in das Waschbecken. Irmgard ist neugierig und läuft mir, mit etwas Abstand, hinter her und grinst frech. Als ich in die Küche komme, sitzt dort Herwin aus der Oberklasse. Ich finde ihn umwerfend und deshalb schäme ich mich für mein Aussehen. „Hallo Herwin", stottere ich. „Was machst du denn hier?" Meine Mutter verlässt natürlich nicht den Raum. Sie meint, ich wäre viel zu jung für Männer, während meine Schwester schon ausgehen darf. „Hallo Elisabeth. Ich habe hier eine Einladung für

dich zum Tanztee an diesem Sonntag." Unter den wachsamen Augen meiner Mutter ist es auch für ihn nicht so einfach mit mir ungezwungen ezu reden. „Es ist ein Schulprojekt. Wir, aus den oberen Klassen, sollen erlernen, wie man Mädchen beim Tanz führt," und er hat fast dabei gelacht. Ich sehe ihn an. Da kann meine Mutter nun wirklich nichts gegen haben! „Mama, darf ich da hingehen? Irmi hatte davon doch schon erzählt, dass sie auch teilnimmt. Da bin ich ja unter Aufsicht." Meine Mutter schaut mich strafend an. „Ich bespreche das heute Abend erst mit eurem Vater. Woraufhin das entschieden wird." Ich verdrehe die Augen. Es ist doch wieder mal klar, dass Irmi dahin darf und ich wahrscheinlich nicht. Herwin steht auf und verabschiedet sich höflich. Ich gehe wieder hinten aus der Küche und meine Schwester steht direkt hinter der Tür und lacht. „Ach komm, es ist doch noch gar keine Entscheidung getroffen! Außerdem schau dich mal an, von dir will sowieso kein Junge etwas", lacht sie und rennt davon. Ich schreie ihr Fluchwörter hinterher und gehe beleidigt weg. Vor dem Spiegel im Flur bleibe ich einen Moment stehen. Meine Schwester hat Recht. Ich sehe aus wie ein Junge. Kurze rote Haare, eine zu große

Nase, kaum Brust und zu dünn. Meine Beine sind viel zu lang, so dass es zu dem restlichen Körper überhaupt nicht passt. Bohnenstange, denke ich und schüttel den Kopf. Ich gehe zurück auf den Acker und ziehe frustriert weiter das Unkraut zwischen den Kartoffeln heraus.

Beim Frühstück am nächsten Morgen sagt mir meine Mutter, dass ich am Sonntag mit den anderen zum Tanztee gehen konnte. Ich stoppe meine Atmung und halte meine Freude zurück. Als wir auf dem Weg zur Schule sind, flippe ich völlig aus. Ich hüpfe auf und ab und wiederhole mich permanent. „Nun halt mal endlich die Klappe Elisa!", kommt genervt von meiner Schwester. „Ich muss auf dich aufpassen und ich sage dir, dafür habe ich keine Zeit", und dabei sieht sie in ihren kleinen Handspiegel und malt sich die Lippen nach. „Wehe du benimmst dich nicht! Dann kannst du alleine den Acker vom Unkraut für den nächsten Monat entfernen." Ich strecke ihr die Zunge heraus, lache und drehe mich im Kreis. Endlich! Ich darf ausgehen! Auch wenn es sich hierbei nur um ein Schulprojekt handelt, ist es für mich Freiheit. Ein Tanztee ohne meine Eltern! Keine dreckigen Finger, nur roten Lippenstift und lockige Haare. Was ziehe ich bloß an?

Ich kann es kaum erwarten und nerve meine Freundin und meine Schwester 5 Tage lang, als nun endlich Sonntag ist. Ich schrubbe meine Fingernägel so lange, bis kein einziges Klümpchen Erde mehr unter den Nägeln zu sehen ist. Meine Schwester zupft mir heimlich die Augenbrauen, weil meine Mutter garantiert damit ein Problem hat. Außerdem versucht sie, ein paar Locken in meine Haare zu bekommen. Irmi gibt mir einen Lippenstift und den verstecke ich in meinem BH. Am Nachmittag fährt uns Vater zu dem Gasthaus, wo die Veranstaltung stattfindet. So viele aus meinem Jahrgang stehen schon vor der Tür und reden aufgeregt miteinander. Sie sehen alle so gut aus! Ich stelle mich zu meinen Freundinnen und winke Vater zu, als er wegfährt. Mein Vater ist kaum um die Ecke gebogen, nehme ich den Lippenstift und lege das kräftige Rot auf die Lippen. Ich fühle mich großartig. Ich gehe gerade mit meinen Freundinnen in das Gasthaus, als mich meine Schwester zur Seite zieht. „Ich sage dir jetzt eins. Du verhältst dich unauffällig! Ich habe keine

Lust, zwei Stunden lang den Babysitter zu spielen. Alles klar?" Ich nicke und Irmi dreht sich um und war nicht mehr gesehen. Ich gehe zurück zu den Mädchen aus meiner Klasse und warte gespannt, was jetzt passiert. Alle Mädchen flirten mit den jungen Männern und die Tanzfläche ist brechend voll. Ich bin noch so unerfahren! Ich benehme mich so, wie es von mir erwartet wird. Ein Junge mit einer dicken Hornbrille und Sommersprossen fordert mich zum Tanzen auf. Ich zögere einen Moment, aber dann will ich den gleichen Spaß wie meine Freundinnen haben. Ich hatte mal einen kleinen Tanzkurs in der Schule und somit kann ich ein paar Grundschritte. Außerdem spielt eine Klassenkameradin unglaublich gut Gitarre und wir singen mitunter in den Pausen zusammen oder tanzen dabei. Ich genieße jede Minute an diesem Nachmittag. Kurz vor Ende der Veranstaltung gehe ich zur Toilette, um mir den Lippenstift abzuwischen, als im Gang ein junger Mann mit Uniform und einer Zigarette steht. „Na Süße, Lust auf eine Zigarette?", fragt er mich mit Akzent. Ich werde rot und schaue auf den Fußboden. „Nein danke. Außerdem darf man hier nicht rauchen", flüstere ich fast und schlüpfe an ihm vorbei. Er schaut mir nach. Ich spüre seinen Blick in meinem Rücken und bevor ich hinter der Toilettentür verschwinde, pfeift er mir hinterher. Ich atme tief durch. Mein Herz schlägt schneller. Dieser Mann ist so gutaussehend! Meine Hände fangen an zu schwitzen. Ich kann da jetzt nicht wieder heraus. Ich sehe in den Spiegel und wische mir den Lippenstift ab. Mein Vater würde einen Anfall bekommen, wenn er mich so sehen würde. Ich öffne vorsichtig die Tür und sehe, dass der gutaussehende Mann dort nicht mehr steht. Erleichtert und zugleich enttäuscht gehe ich wieder zurück in den Saal.

In der folgenden Woche musste ich alleine zur Schule, weil meine Schwester sich erkältet hat. Es gab noch einen riesen Krach zuhause, weil sie sich direkt nach dem Tanztee erkältet hat. Sie hat mir abends noch gestanden, dass sie im Garten mit einem Klassenkameraden rumgeknutscht hat. Ich habe sie so beneidet! Ich würde mal als alte Jungfer sterben. Ich hatte vor Aufregung vergessen, meine Sachen am Wochenende zu waschen und somit musste ich den kurzen Rock wieder zur Schule anziehen. Meine Eltern mochten den überhaupt nicht an mir. Meine Mutter bekommt fast einen Anfall, als sie mich sieht. Ich will endlich auch einmal wie die anderen Mädchen rumlaufen, aber das war hier im Haus strikt verboten. Ich habe unter meinem weiten Pullover eine enge Bluse an, die ich etwas aufgeknöpft habe. Ich habe meinen BH mit etwas Wolle ausgestopft, damit meine Brust größer wirkt. Kaum bin ich um die Ecke verschwunden, ziehe ich diesen schrecklich sitzenden Pullover aus. Ich ziehe den Bauch ein und versuche, mit hervorstechender Brust zu laufen. Ich muss über mich selber lachen. Trotzdem fühle ich mich endlich wie eine junge Frau und nicht mehr wie das Mädchen vom Kartoffelacker.

Ich biege um die Ecke herum, kurz vor der Schule und genieße mein Auftreten. Der eine oder andere Mann guckt mir schon hinterher. Mein Schritt wird auf einmal langsam. Da steht er! Der Mann von gestern, an dem Eingang zu den Toiletten! Er lehnt an einem Militärfahrzeug und zieht wieder an seiner Zigarette. Meine Beine werden weich und ich fange an zu schwitzen. Ich sehe mich um, ob ich irgendwie ausweichen konnte, aber ich muss direkt an ihm vorbei. Mit hochrotem Kopf gehe ich auf ihn zu. Er sieht mich sofort. „Da ist die langbeinige Schönheit vom Gasthaus", sagt er zu mir wieder mit Akzent und stellt sich direkt vor mich. „Heute kommst du mir nicht so davon", lacht er. Ich verliebe mich sofort in seine perfekten weißen Zähne und seine großen braunen Augen. Verlegen blicke ich auf die Straße und bin sprachlos. „Deine Sprache ist noch nicht wieder da?", grinst er. „Doch… Doch…", stammel ich. „Ich muss zur Schule." Was für einen Mist ich da rede! „Okay Sweet Girl. Gehe zur Schule und ich hole dich später ab." WAS! Mich abholen! Das geht gar nicht, wenn mich jemand sieht! „Wann hast du Schluss?" „Um 1 Uhr" stottere ich weiter. „Ich stehe hier und warte auf dich", haucht er mir entgegen und ich rieche seine Zigarette und sein würzig-maskulines After Shave.

Völlig in Trance überstehe ich den Unterricht und überlege ständig, welchen Umweg ich laufen kann, damit ich nicht wieder auf ihn treffe. Innerlich schreit mein Herz aber nach ihm. Ich will ihn wiedersehen. Ich kann und will nicht anders. Mit Schmetterlingen im Bauch mache ich mich auf den

Heimweg. Ich knöpfe meine Bluse noch etwas weiter auf und ziehe den Rock höher. Den Lippenstift von Sonntag hatte ich noch in dem kleinen Etui in meiner Büchertasche. Ich lege das knallige Rot auf die Lippen und fühle mich für einen Moment sexy. Leider ist die Nervosität aber größer, als das Gefühl sich sexy zu finden.

Der kühle Wind weht durch die Straßen und eine leichte Gänsehaut überzieht meine Haut vor Kälte. Ich hätte am liebsten meinen viel zu weiten Pullover übergezogen. Ich biege um die Ecke und da steht er an derselben Stelle wie heute Morgen. Die Gänsehaut breitet sich erst recht aus und in meinem Bauch tanzen Millionen von Schmetterlingen. Ein sexy Pfiff kommt von seinen Lippen, als er in meine Richtung guckt. Ich erröte. „Hey liebreizendes Fräulein. Eine Spritztour gefällig?", und dabei öffnet er mir die Tür zu seinem weißen Auto. Ich kenne mich damit nicht aus, weil unser Auto schon so alt ist, wie meine Eltern verheiratet. Ich steige ein und er geht um das Auto und setzt sich hinter das Lenkrad. „Wohin junges Fräulein", fragt er mich. Auf gar keinen Fall nach Hause! „Ich kann nicht so nach Hause gebracht werden. Meine Eltern würden durchdrehen", erkläre ich ihm leise. „Gut, dann stellen wir uns erst einmal vor. Ich bin Jandré", und hält mir seine Hand hin. „Elisa… eigentlich Elisabeth. Aber alle nennen mich Elisa", stottere ich mir zurecht. Er ist atemraubend. Seine braunen Augen mit dieser braunen Haut sind fesselnd. „Hallo Elisa", und er küsst meine Hand. Ich wusste sofort, ich bin ihm verfallen. „Du kannst mich in die Nähe von meinem Haus fahren", flüstere ich weiterhin. „Dort ist ein kleiner Park, da fällt es nicht so auf", sage ich ganz unbedacht. Jandré grinst und fährt los. Ich genieße es, hier im Auto zu sitzen. Das ist das erste Mal, dass ich nicht laufen muss. Meine Schwester würde vor Neid platzen, wenn ich ihr das erzähle.

Ich erkläre ihm den Weg Richtung des kleinen Parks. Da ich jetzt schneller zu Hause bin, als wenn ich gelaufen wäre, konnte ich noch kurz bei ihm im Auto sitzen bleiben. „Wie alt bist du Elisa", fragt er. „Fast 17", antworte ich selbstbewusst. „Lecker" ist seine Antwort. Ich verstehe das nicht. „Woher kommst du? Du hast so… so einen Akzent." „Ich komme aus Südafrika und bin hier für 1 Jahr in Deutschland zur Weiterbildung bei der Bundeswehr." Nein! Ich schaue ihn an. Das darf doch wohl nicht wahr sein. Dieser stattliche Mann kommt vom anderen Ende der Welt! „Es tut mir leid, aber ich muss jetzt los. Jan... Jand..." Ich hatte den Namen vergessen. „Jandré ist ganz einfach versuchen wir es einmal zusammen." „Jan - Jandre - Jandré." Ich wiederhole es. Er lacht. „Genauso. Sehe ich dich wieder? Heute Abend hier im Park gegen 8 Uhr am Abend?" „Ja gerne", hörte ich mich sagen, ohne zu überlegen. Wie sollte ich das denn bewerkstelligen? Meine Eltern ließen mich abends nicht mehr aus dem Haus. Er steigt aus und geht wieder um das Auto und öffnet mir die Tür, hält meine Hand beim Aussteigen fest und zieht mich hoch. Ich stehe nah an seinem Körper und ich spüre seinen Atem an meinem Hals. Er kommt mit dem Mund näher an mein Ohr. „Ich freue mich auf dich und deine unglaublich langen Beine." Ich werde rot und renne los. Was war nur passiert? Ich kann nicht mehr klar den Verstand gebrauchen und meine Beine zittern. Ich muss mich erst einmal beruhigen. Meine Mutter würde sofort meine Aufregung sehen. Ich versuche, in Ruhe zu atmen, als ich vor unserer Haustür stand. Ich gehe hinten um das Haus. Dort ist ein Nebeneingang, der nur nachts verschlossen ist. Als ich in die Küche komme, sieht meine Mutter gleich mein rotes Gesicht. „Kind wirst du jetzt auch krank? Lege dich direkt nach dem Essen erst mal ins Bett. So kannst du nicht auf den Acker." Ich tat das, was sie mir sagte und liege verträumt auf meinem Bett. Ich war hoffnungslos verliebt.

Tante Irmgard hörte auf zu erzählen. Ich sehe sie an. „Das ist meine Mutter gewesen? Das kann doch gar nicht sein. Sie ist doch mit meinem Vater schon so lange zusammen!" Ich kann es nicht glauben. „Deine Mutter hatte ein anderes Leben, bevor dein Vater in ihr Leben trat. Sie hatte einen Fehler begangen und ihr Leben verlief nicht so, wie sie es sich erträumt hatte. Es war für sie kein leichtes Leben", erklärt sie mir. „Aber was ist dann passiert?" Vor Neugierde platze ich fast. „Ich denke, für heute habe ich genug erzählt. Du siehst nicht gesund aus. Du bist blass Kind!" Ich hatte die letzte Nacht ja auch recht wenig geschlafen und ich spüre die Müdigkeit in meinen Knochen. „Ja, du hast Recht und morgen hole ich Papa ab und ich muss mit Frauke reden, wie es weitergehen soll." Sie lächelt mich an. „Ich komme morgen Mittag wieder und bringe etwas zu Essen mit", und sie steht auf. Wie gut, dass sie da ist. Sonst wäre ich hier völlig verloren.

Dunkles Land

Jetzt liegt er dort. Das Blut fließt aus seinem dämlichen Schädel. Er wollte besoffen mit der Schaufel auf mich losgehen. Fiel aber hin und mit dem Kopf direkt auf die Kante der Schaufel. Selber Schuld! Endlich habe ich meine Ruhe vor ihm. Keine Schläge und keine Frauen mehr. Ich setze mich in den Staub und schaue dabei zu, wie er elendig verreckt. Er röchelt und stöhnt, aber einen Krankenwagen gibt es hier draußen nicht. Er zuckt und das Blut läuft ihm aus der Nase. Sein Blick trifft meinen und er versucht die Hand nach mir auszustrecken. Der Anblick meines sterbenden Vaters geht mir nicht nahe. Ich stehe auf und gehe an ihm vorbei ins Farmhaus. Ich nehme das Funkgerät und funke die Nachbarn an. „Mein Vater ist gestürzt und er blutet aus dem Kopf. Kann mir jemand helfen?" Ich brauche mich nicht dafür schuldig zu fühlen. Jetzt nicht und auch nicht später. Ich warte nicht auf eine Antwort von irgendeinem Nachbarn, denn ich weiß, sie würden sich jetzt beeilen. Hier draußen braucht man seine Nachbarn. Sie sind die, die als Erstes da sind. Jetzt würde einer in ca. 30 Minuten hier angekommen. Ich setze mich in den Schaukelstuhl meines Großvaters und entspanne mich. Nun kann ich endlich von hier weg und meine leibliche Mutter suchen.

Fehlendes Verständnis

Meine Schwester steht am Morgen vor unserem Haus. Ich bin erleichtert, dass ich nicht alleine unseren Vater abholen muss. „Guten Morgen Frauke", versuche ich so freundlich wie möglich zu klingen. „Morgen Jule", knurrt sie. „Du weißt, ich habe echt keinen Bock auf diesen Mist hier, aber wir müssen schnell eine Lösung finden für Papa. Es kann nicht sein, dass er ständig abhaut!" Ich nicke. Damit hatte sie ausnahmsweise einmal Recht. Nur wo sollen wir nur so schnell einen Heimplatz für ihn finden? „Die hatten mir gestern im

Krankenhaus schon Broschüren mitgegeben, damit wir uns einmal informieren. Ich weiß nur nicht, ob das alles bezahlbar ist. Außerdem müssen wir die Papiere von seinem behandelnden Arzt bekommen." Frauke startet den Motor und wir fahren zum Krankenhaus - schweigsam. Ich fühle mich total fremd in der Gegenwart meiner Schwester. Was ist bloß mit uns passiert. Ich denke an das Leben meiner Mutter, vor unserem Vater. Wusste Frauke davon? „Sag mal Frauke, Tante Irmgard hat mir gestern erzählt, dass Mama einen Mann vor Papa hatte. Wusstest du es?", frage ich sie. „Ja", kurz und knapp war die Antwort. „Wie ja! Du wusstest es und ich nicht?" Ich bin enttäuscht von meiner ganzen Familie. „Nachdem ER vor der Tür stand, waren alle im Bilde und die Geheimnisse kamen ans Tageslicht", antwortet sie. „Wie ER? Wer ist ER? Noch mehr Geheimnisse? Was ist hier passiert?" Ich bin völlig überrumpelt. „Ach Jule, ich sagte doch schon, hier ist einiges passiert in den letzten Jahren. Dich hat man aus allem rausgehalten, weil du ja zu weit weg bist und keinen Einfluss auf unser Leben hier hast." Der Unterton ist nicht zu überhören. Wir fuhren beim Krankenhaus vor. „Ich möchte jetzt nicht mehr darüber reden. Den Rest kann dir unsere Tante noch erzählen Schwesterherz", mehr Sarkasmus ging nicht. Damit steigt sie aus dem Auto. Ich bleibe sitzen und kann es nicht glauben, was hier gerade passiert. Alle verheimlichten mir etwas. Es kocht in mir. Ich hätte sie am liebsten angeschrien oder sogar getreten, so wie ich das als kleines Mädchen bei ihr gemacht habe, wenn wir uns gestritten hatten. Sie ist aber auch so etwas von herablassend!

Unser Vater sitzt schon mit einer kleinen Plastiktüte auf dem Bett und wartet. „Ah, da sind ja meine Mädchen", freut er sich. Mir fällt ein Stein vom Herzen. Er erkennt uns! „Ja Papa, wir wollen dich jetzt nach Hause bringen", dabei nehme ich seine Tüte. „Ach und eure Mama macht etwas Leckeres zu Essen für uns vier", und sieht uns dabei an. Ich bleibe wie angewurzelt stehen. Frauke nimmt seinen Arm und geht mit ihm aus dem Zimmer. „Ja Papa. Mama macht schon etwas zu essen", höre ich sie noch sagen. Mit hängendem Kopf laufe ich hinter beiden her.

Wie wir durch die Haustür kommen, verschwindet das Lächeln aus dem Gesicht meines Vaters. Er geht direkt auf seinen Ohrensessel und verschwindet wieder in seine eigene Welt. „Was unternehmen wir jetzt Frauke?", fragend sehe ich meine Schwester an. „Ich denke, wir sollten uns mal ein paar Heime ansehen. Du hast doch die Flyer?", und sie sieht sich um. „Ja, die liegen auf dem Küchentisch." Ich denke an die Aussage der Ärztin „Das ist keine Sache von zwei Tagen." „Wir sollten erst einen Termin machen und uns so etwas ansehen, damit wir wissen worauf wir überhaupt achten müssen. Ich rufe dort einmal an", sagt Frauke. Ich nicke. „Ich gehe morgen zum Arzt und versuche die nötigen Unterlagen zu bekommen." Da ich schon mit ihm gesprochen hatte, war das für mich die beste Hilfe in dieser Situation. Frauke verschwindet mit allen Flyern und lässt mich mit vielen unausgesprochenen Worten zurück.

Ich stehe wieder alleine in der Küche und nehme mir vor, jetzt mehr auf unseren Vater aufzupassen. Zuerst schließe ich die Haustür ab und lege den Schlüssel oben über die Tür auf den kleinen Sockel. Zweitens will ich den Keller ausräumen. Ich muss mich beschäftigen, sonst drehe ich durch.

Unvermittelt höre ich eine mir bekannte Melodie. Mein Telefon! Ich renne in die Küche und sehe Jonas auf dem Display! Endlich! „Hallo mein Schatz", höre ich seine Stimme durch den Hörer. Sofort fange ich an zu weinen und weiß erst jetzt, wie sehr ich meine Familie vermisse.

Nachdem ich mit Jonas eine ganze Stunde lang telefoniert hatte, ist meine Stimmung etwas besser. Er machte mir Mut und mir gesagt, dass ich mir alle Zeit der Welt nehmen sollte. Das ist aber gar nicht so einfach! Ich vermisse meine Familie und es bricht mir das Herz, wenn ich an meine Kinder denke. Es nützt nichts, ich muss hier jetzt einiges erledigen und kann im Anschuss wieder nach Hause.

Es klingelt an der Haustür und meine Tante steht mit einem vollen Körbchen mit lecker duftendem Essen vor der Haustür. Unmittelbar meldet sich mein Magen. Frühstück hatte ich heute Morgen bei der ganzen Aufregung total vergessen. Wir decken zusammen den Tisch und ich hole meinen Vater, der konstant stumpf in seinem Sessel sitzt. Er steht mühselig auf und kommt in die Küche geschlurft. Er erkennt Irmgard sofort und ich freue mich über ein paar Kartoffeln auf meinem Teller. Es gibt in Namibia zwar Kartoffeln, aber die schmecken alle nach nichts. Ich hatte schon mal versucht, welche anzubauen und nachdem sie etwas aus der Erde sprossen, waren sie auch schon von irgendjemandem wieder abgefressen. „Willst du nicht etwas Quark nehmen", lacht meine Tante, als ich mir die Kartoffeln trocken in den Mund stecke. Natürlich lag sofort Kräuterquark auf meinem Teller. Das war früher mein Lieblingsgericht, Pellkartoffel mit Kräuterquark und dazu einen Gurkensalat. Besser geht es einfach nicht. Ich genieße nach langer Zeit ein gemütliches Mittagessen zusammen. „Ich mache jetzt ein Nickerchen", sagt mein Vater und steht auf. Ich sehe meine Tante an. „Ich hoffe, er bleibt mal ein paar Stunden stabil", sage ich leise zu ihr. „Ich kann nicht damit umgehen und wenn ich mir vorstelle ihn, in ein Heim zu stecken dann…" Der Blick meiner Tante verriet alles. „Jule, du kannst ihm nur so helfen. Du bist bald wieder weg und Frauke kann die Verantwortung alleine nicht für ihn übernehmen. Ihr benötigt Hilfe und dafür ist eine Unterbringung in einer Pflegeeinrichtung wichtig. Du weißt, wie lange du nicht hier gewesen bist und du kannst mir auch nicht sagen, wann du wieder nach Deutschland kommen wirst. Wir hatten in den letzten zwei Jahren doch gesehen, dass sich die Welt verändert hat. Dein Vater kann so nicht alleine weiterleben. Verkauft das Haus und ihr habt seine Finanzierung für die Pflegeeinrichtung gesichert." Natürlich! Das müssen wir auch alles abwickeln! Das Haus, das Auto, die ganzen Sachen im Haus. Ich war gerade erst aufgestanden, um mich direkt wieder hinzusetzen. „Wie lange soll das alles dauern? Wie lange kann ich nicht zu meiner Familie zurück?" Panik steigt in mir auf. Meine Tante nimmt meine Hilflosigkeit wahr. „Du bist jetzt hier bei deiner Familie und die braucht dich", die Schärfe in ihrer Stimme ist deutlich. „Jule, du warst Jahre nicht hier. Es ist einiges passiert und du musst jetzt die Konsequenz daraus tragen. Du kannst nicht ALLES auf Frauke abschieben. Sie hat eure Mutter unterstützt, bis es eskaliert ist. Der Streit war nicht schön. Euer Vater hat sie verärgert und dabei immer wieder dich erwähnt. Eure Mutter war so traurig. Sie konnte die beiden nicht wieder zusammenbringen." Irmgard schaut aus dem Fenster. „Es war eine schlimme Zeit. Dein Vater wurde dement und deine Mutter hatte Brustkrebs." „Ich wusste es doch nicht! Mir wurden unbeschwerte Familienbilder geschickt und keiner sprach mit mir!" Ich bin jetzt wirklich sauer. „Was hättest du denn unternehmen können? Jeder wusste doch, wie es finanziell um euch stand. Kein Regen keine Einnahmen. Das hat sich sogar hier in der Familie herumgesprochen. Eure Mutter konnte das alles nachvollziehen und außerdem war Alina gerade erst geboren." Irmgard dreht sich um. Sie schaut mich an. „Bist du bereit für noch mehr Vergangenheit?", fragt sie mich. Was kann mich jetzt noch umhauen und ich nicke.

50 Jahren zuvor

Zum Abendessen hatte ich nichts gegessen. Meine Mutter schickt mich gleich wieder zurück in mein Bett. Sie geht davon aus, dass ich fiebrig bin. Ich muss schmunzeln. Dabei konnte ich nichts essen, weil ich mich so auf heute Abend freue. Ich werde ihn treffen und bin aufgeregt! Meine Wangen schimmern so rot, dass es wirklich so aussieht, als ob ich Fieber habe. Ich überlege, wie ich mich am besten aus dem Haus schleiche und beschließe, meine Schwester mit einzubeziehen. Ich gehe aufgeregt in unserem Zimmer auf und ab. Über meinem Bett hatte mein Vater ein Holzbrett angeschraubt und dort liegen meine Bücher. Über dem Bett meiner Schwester hängt ein Spiegel. Es ist zwar etwas unbequem, sich auf dem Bett zu schminken, aber sie liebte das Schminken sehr. An der einzigen Wand ohne Dachschrägen steht unser gemeinsamer Kleiderschrank. Wir besitzen nicht so viele Teile zum Anziehen, dass dieses grüne grässliche Ding für unsere Kleidung zusammen ausreicht. Ich sehe in den Spiegel indem ich auf das Bett meiner Schwester steige. Glänzende Augen freuen sich auf einen faszinierenden Mann. Ich muss unbedingt noch etwas Schminke auftragen, damit ich erwachsener aussehe. Irmi gibt mir bestimmt etwas ab. Es dauert eine Ewigkeit, bis meine Schwester endlich die Treppe hochkommt. Es ist schon halb acht und ich muss doch gleich in den Park. „Irmi", flüstere ich. „Irmi, du musst mir helfen." Sie schaut mich fragend an und ich erzähle ihr von meinem Erlebnis. „Du bist doch verrückt! Wie willst du hier ungesehen aus dem Haus kommen?" Genau das ist ja mein Problem. Ich weiß es einfach nicht. „Elisa, so wie ich mich für dich freue, habe ich auch Angst um dich. Du kennst diesen Mann doch gar nicht!" Ihre Worte prallen an mir ab. Ich weiß das alles doch, aber ich bin so verliebt und will mich unbedingt auf dieses Risiko einlassen. Schlagartig hören wir die Stimme unserer Mutter. Ich springe wie irre in mein Bett. Die Tür geht auf und sie betritt den Raum. „Ich glaube, Elisa schläft schon Mama", höre ich meine Schwester zu ihr sagen. Ich liege unter meiner Bettdecke und bewege mich nicht. Sogar meine Atmung habe ich reduziert. „Das ist gut. Schlaf heilt alle Wunden. Lass uns leise rausgehen. Du kannst später in dein Bett gehen. Morgen geht es ihr wieder besser." Ich höre, wie jemand die Tür schließt. Vorsichtig schaue ich unter der Bettdecke hervor. Keiner mehr da. Ich steige leise aus meinem Bett, lege die Bettdecke so hin, dass es so aussieht, als ob ich noch da drinnen liege. Ich schlüpfe vorsichtig in meinen kurzen Rock von heute Morgen und ziehe eine rosafarbene Bluse an. Die Bluse trug ich nur an den Sonntagen, wenn wir eingeladen waren. Ich öffne die kleinen weißen Perlmuttknöpfe recht freizügig, bis nur noch drei

Knöpfe unten verschlossen sind. Schnell lege ich etwas rosafarbenen Lippenstift aus dem kleinen Körbchen meiner Schwester auf und beschließe, die Haare heute offen zu tragen. Für mehr reichte die Zeit leider nicht. Heute Morgen hatte ich meine Haare zusammengebunden mit einem pinken Haarreif. Jetzt kann ich eine andere Seite von mir zeigen. Nun muss ich nur ungesehen aus dem Haus herauskommen. Leise öffne ich unsere alte Zimmertür und hoffe, dass sie einmal nicht quietscht. Im ersten Moment erschrecke ich, denn meine Schwester kommt gerade wieder die Treppe hinauf. Sie hält ihren Finger an ihre Lippen. Ich höre meine Mutter durch den Flur in die Küche laufen. Die Küchentür fällt schwerfällig ins Schloss. „Jetzt ganz schnell hinten heraus. Ich öffne die Tür später wieder, wenn unsere Eltern im Bett sind. Aber sei bloß leise! Das Gewitter möchte ich nicht erleben", flüstert meine Schwester mir zu. „Danke", hauche ich zurück und schleiche mich leise auf Zehenspitze die Stufen hinunter. Meine Schwester schaut mir nach und ich weiß, dass sie im tiefsten Inneren total neidisch auf mich ist.

Ich atme tief durch, als ich in unserem Garten stehe. Zum Glück ist unser Wohnzimmer auf der anderen Seite des Hauses und die Küche zur Vorderseite. Es fängt an zu dämmern und ich renne schnell hinten über unseren Acker. Hier sieht mich niemand auf dem Kartoffelfeld. Ich muss nur auf jeden meiner Schritte achten, damit ich jetzt nicht noch in ein Loch trete und hinfalle. Die dreckige Bluse hätte ich meiner Mutter nicht erklären können. Ich weiß, ich bin verspätet, aber vielleicht wartet er auf mich. Ich renne die Straße hinunter zum Park. Kurz vorher werde ich langsamer. Ich muss erst einmal wieder Luft bekommen. Was für eine Aufregung! Ich atme tief ein und aus und mein Herz klopft wie wild. Als ich näherkomme, sehe ich das weiße Auto von heute Morgen. Dagegen lehnt der Traumprinz wieder mit einer Zigarette im Mund. Mein Herz fängt wie wild an zu springen. „Hi Sweet Girl", lacht er mir entgegen. „Ich dachte, du kommst nicht mehr." Ich hole tief Luft. „Es war doch nicht so mühelos, aus dem Haus zu kommen, wenn die Eltern einem verbieten spät abends wegzugehen." Ich werde rot. „Ach spät", lacht er. „Bei uns im Land trifft man sich um diese Uhrzeit erst zum Essen." Er schaut mich an und nimmt meine Hand. „Komm, steig ein. Wir fahren etwas weiter weg. Nicht das uns noch eure Nachbarn hier zusammen sehen", grinst er. Er hält mir wieder wie selbstverständlich die Autotür auf. Ich steige ein und dabei berühre ich seinen Arm. Ein elektrischer Stromschlag jagt einmal quer durch meinen Körper. Dieses unvorstellbare Gefühl hatte ich noch nicht erlebt. Ich spüre tausende von Schmetterlingen, die wie wild durch meinen Bauch tanzen.

Jandré fährt weiter aus der Stadt heraus, dreht das Radio laut und singt in perfektem Englisch mit. Ich bin beeindruckt und erahne, dass ich ihm verfallen bin. Ich spüre eine Art Freiheit und versuche, auf den Text im Radio zu lauschen. „Only ….Only…" Ich habe keine Ahnung, was dort gesungen wird. Er hält an dem kleinen See am Stadtrand an, steigt aus und öffnet mir die Tür. Er hält mir seine Hand entgegen und zieht mich vorsichtig aus dem Auto. Wir gehen Hand in Hand vor sein Auto. Er drückt mich leicht gegen die Motorhaube und ich rieche den kalten Rauch in seinem Atem. „Du bist schon echt sexy mit deinen langen Beinen", haucht er mir ins Ohr. Ich kann nichts unternehmen. Ich bin ihm hilflos ausgeliefert. Er streicht meine Haare zurück und küsst mich. Es war gigantisch. Mein erster richtiger Kuss! Ich spüre seine Zunge an meinen Lippen und lasse mich auf dieses Spiel ein. Es kribbelt überall in meinem Körper. Er wandert langsam mit seinem Mund an meinem Hals entlang und seine Hand gleitet unter meine Bluse. Ich hatte davon schon von meinen Freundinnen gehört, aber es selbst noch nicht erlebt. Jandré öffnet einen weiteren Knopf an meiner Bluse und schiebt meine Bluse über meine Schulter. Ich erstarre und weiß nicht, ob dieses Spiel für mich richtig oder falsch ist. Seine Lippen wandern tiefer und er küsst meine Brüste. Er spielt mit seiner Zunge um meine Brustwarze und ich merke eine Art Verlangen nach ihm. Ich spüre ein Kribbeln zwischen meinen Beinen und ich verstehe jetzt, was meine Freundinnen damit meinten, wenn sie von ihren Erlebnissen mit den Männern erzählten. Seine Hand gleitet unter meinem Rock. Bevor ich reagiere, drückt er seinen Unterleib an mein linkes Bein und ich spüre etwas Hartes. Auf einmal werde ich panisch. Ich erwache aus meiner Starre. Nein, das geht jetzt zu weit. „Bitte… Bitte… Jandré lass das. Ich habe so etwas vorher noch nie gemacht."

Ich werde nervös, weil ich ihn nicht wegdrücken kann. „Das tut nicht weh Sweet Girl", stöhnt er und nimmt seine Hand und gleitet in meinen Schambereich. Ich drückte mich kräftig von der Motorhaube ab und stoße ihn weg. „Autsch!" Er fällt fast hin. „Entschuldige, aber das geht zu weit. Ich bin noch nicht so weit!", und dabei richte ich meine Kleidung. „Ja, ja, ich verstehe das schon, aber du bist so sexy! Ein Mann kann das nicht ignorieren." Er lächelt mich an und kommt mir wieder etwas näher. Ich schaue in seine braunen Augen. Er nimmt meinen Kopf zwischen seine Hände und küsst mich. Erneut presst er mich mit seinem ganzen Körper gegen die Motorhaube und fängt leise an zu stöhnen. „Bitte Jandré. Lass mich los," flüstere ich verzweifelt. Er ignoriert mich und ich bekomme es mit der Angst zu tun. Hatte meine Schwester doch Recht behalten? Jandrés Gesichtsausdruck verändert sich. „Zier dich nicht so. Erst machst du mich heiß und dann lässt du mich hier so hängen." Ich habe absolut keine Ahnung was er von mir jetzt verlangt. Ich war noch nie im Leben in solch einer Situation. Es wird mir zu viel und ich fange an zu weinen. „Kannst du mich bitte wieder nach Hause bringen? Ich habe

Angst, dass meine Eltern mitbekommen haben, dass ich nicht zuhause bin." Er schnauft und drückt sich mit seiner Hand vorne an seiner Hose und wendet sich ab. Er steckt sich eine Zigarette an und öffnet mir die Autotür. Er sagt kein Wort auf der Rückfahrt und ich weiß, dass ich alles falsch gemacht hatte.

Am Park angelangt, steigt er aus, nimmt meine Hand und küsst sie leicht. Ich schiebe die Situation auf meine Unerfahrenheit. Ich schleiche mich wieder über unseren Acker zurück zum Haus. Die Hintertür ist offen und ich komme ohne ein Geräusch in unser Zimmer zurück. Irmi hat auf mich gewartet. „Und wie ist er?", fragt sie. „Ein Traum, schwärme ich verliebt, ziehe meine Kleidung aus und hänge die Bluse wieder in den Schrank. Als ich mich ins Bett lege und meine Augen schließe, spüre ich wieder diese Erregung, als Jandrés Körper gegen meinen sich drückte. Ich bin ihm hoffnungslos verfallen und werde mich beim nächsten Mal nicht mehr wehren.

Erinnerung

Tante Irmgard hört auf zu erzählen. „Klingt romantisch", sage ich zu ihr. Sie sieht mich an. „Das klingt erst einmal so, aber es war später die Hölle für unsere ganze Familie. Deine Mutter traf sich 6 Monate lang heimlich mit diesem Jandré. Ich sah ihn ein einziges Mal, als er sie von der Schule abholte. Er sah schon verdammt gut aus und ich war so neidisch auf sie! Meine kleine Schwester hatte eine Liebesbeziehung mit einem so gutaussendenden Mann und ich hatte gar nichts. Sie fing an, die Schule zu vernachlässigen, und war viele Nächte nicht zu Hause. Sie kam morgens vor dem Sonnenaufgang hereingeschlichen, zog sich um und wir liefen zusammen zur Schule, oder sie ging mit mir aus dem Haus und war wieder verschwunden. Unsere Mutter erahnte etwas und sie stellte mir die ersten Fragen. Mir gingen die Lügengeschichten aus und ich sagte Elisa, dass es so nicht weitergeht. Ich hatte auch keine Lust, mehr sie zu decken. Ich selber kam mir vor wie eine alte Jungfer. Ich bin davon ausgegangen, dass ich die Gutaussehende in unserer Familie bin, aber Elisa wurde von Tag zu Tag begehrenswerter. Die Beziehung machte sie selbstbewusster und das bemerkte die ganze Familie. Elisabeth war aber so verliebt in ihren Jandré, dass ihr alles andere egal wurde. Eines Morgens, auf dem Weg zur Schule, sagt sie mir, dass sie schwanger ist. Eine absolute Katastrophe in der damaligen Zeit! Ich machte mir große Sorgen um sie. Wie sollten wir das unseren Eltern erklären? Ich war ja mittlerweile so tief mit darin verstrickt, dass ich gleich mit aus dem Haus fliegen würde.

Elisa verschwand mal wieder eines Nachts und war am nächsten Morgen nicht zurück. Das kannte ich von ihr gar nicht. Ich nahm an, ihr ist etwas passiert. Mir wurde übel, als ich aufwachte und sie nicht in unserem Zimmer war. Ich lief zu unserem grünen kleinen Kleiderschrank, um mich anzuziehen, und sah, dass einige ihrer Sachen weg waren. Ich lief in die Küche und unsere Mutter fragte mich nach Elisabeth. Ich setzte mich an den Tisch und fing zu weinen an. Ich erzählte meinen Eltern die ganze Geschichte. Unser Vater stand auf, gab mir eine Ohrfeige und sprach ab diesem Tag nie wieder mit mir. Unsere Mutter machte mir große Vorwürfe, wie ich mich als große Schwester so verhalten konnte. Ich hätte aufpassen müssen, das wäre meine Pflicht gewesen. Ich hatte ab da an, die Hölle auf Erden in unserem Haus. Das war so egoistisch von meiner kleinen Schwester! Unser Vater fuhr zur Kaserne der Südafrikaner und erfuhr, dass die Truppe letzte Nacht Deutschland verlassen hatte. Damit war alles klar. Elisa musste mitgeflogen sein. Sie war aber noch keine 18 Jahre alt und mir war es ein Rätsel, wie sie das geschafft hatte. Wochen später erfuhren wir, dass Elisabeth ihren Jandré noch an dem Tag vor dem Abflug geheiratet hatte. Sie hat sich zwei Jahre älter ausgegeben und durch Kontakte von Jandré, gab es keine Probleme mit den Papieren. Sie saß mit ihrem Mann zusammen in dem Flugzeug nach Südafrika und unsere Familie war zerstört. Jeden einzelnen Tag danach, sprach mein Vater kein Wort mehr mit mir – jeden Einzelnen! Ich beendete die Schule und heiratete sofort meinen Freund, damit ich aus dieser Familie herauskam. Unser Vater war nicht auf meiner Hochzeit und unsere Mutter hatte das Lachen verloren." Das Gesicht meiner Tante ist ernst. Sie hatte die tiefen Wunden noch nicht verarbeitet. „Aber wie haben sich meine Eltern kennengelernt? Wie hast du denn Kontakt wieder mit meiner Mutter hergestellt?", frage ich sie. „Jule, das frage doch bitte deinen Vater. Er vergisst das hier und jetzt, aber die Vergangenheit ist tief in seinem Gedächtnis verankert." Damit steht sie auf. „Ich gehe jetzt nach Hause. Melde dich bei mir, wenn ihr die ersten Seniorenheime angeschaut habt. Viel Glück." Sie nimmt ihren Korb und ich höre noch die Haustür, wie sie ins Schloss fällt.

Freies Land

Er ist frei! Sein Vater war abgeholt worden und die Todesursache war schnell geklärt. Jetzt kann er diese gottverlassene Farm endlich aufgeben! Er kann jetzt die Farm verkaufen und sich auf den Weg begeben. Alles das erleben, was ER ihm genommen hat. Freiheit! Er ist bereit für die Freiheit. Er reist alle Schränke auf und kippt einfach alles auf den Boden. Suchend läuft er durch das Haus. Er sucht nach seiner Vergangenheit, etwas von seiner leiblichen Mutter. Die anderen

Sachen interessieren ihn nicht. Sein Vater hat ihm sein Leben genommen und jetzt holt er sich sein Leben zurück. Nachdem er das zweite Zimmer durchwühlt hatte, steht er an dem Schreibtisch seines Erzeugers. Nein, das war kein Vater. Ein Vater schlägt nicht sein einziges Kinde. Er reißt jede Schublade aus dem Schreibtisch und wirft den gesamten Inhalt auf den Boden. Die unterste und letzte Schublade zieht er heraus und er will sie gerade an die Wand schmeißen, als er an der untersten Seite einen Umschlag kleben sieht. Dieser ist alt und schon vergilbt. Seine Hände fangen an zu zittern. Vorsichtig entfernt er den gelblichen Umschlag von dem Schubfach und öffnet ihn. Er zieht einen kleinen Brief heraus und ein Dokument. Es ist seine Geburtsurkunde! Dort steht sein vollständiger Name. Er wusste nicht, dass er einen zweiten Vornamen hat! „Charl Wilhelm", liest er vorsichtig. Er liest den Namen seiner Mutter. Er meinte immer seine Mutter heißt Beth van der Merwe, aber hier steht es, schwarz auf weiß: Elisabeth. Der Umschlag ist ungeöffnet und auf der Vorderseite steht, kaum noch zu lesen: „Wilhelm." Vorsichtig öffnet er mit zitternden Händen den

Umschlag und faltete vorsichtig den Brief auseinander:

Mein lieber Schatz!

Ich denke, dein Vater wird dir meine Briefe nicht geben, die ich dir jedes Jahr geschrieben habe. Somit wird dieser Brief mein letzter an dich sein. Ich liebe dich mein Großer und ich werde dich nie im Leben vergessen. Eines Tages sehen wir uns wieder und ich werde dich dann um Entschuldigung bitten. Du wirst meine Situation unter Umständen einmal verstehen, warum ich gegangen bin – ohne dich. Ich liebe dich von ganzem Herzen für immer.

Deine Mami

Die Zeilen sind in Deutsch geschrieben. Er hat Schwierigkeiten, alles zu verstehen, da er nur noch Afrikaans spricht. Englisch hatte er in der Schule gelernt, aber er mag diese Sprache nicht. Er weiß, dass seine Mutter aus Deutschland kam, das hatte ihm ihre beste Freundin erzählt. Er kennt nur ein paar wenige Wörter in dieser Sprache. Er faltet den Brief zusammen, nimmt seine Geburtsurkunde aus dem Umschlag und packt alles in einen alten Rucksack aus dem Schuppen. Ein paar

Wechselsachen und mehr benötigte er nicht. Er nimmt den uralten Jeep und fährt in die Stadt. Er sucht den alten Herold auf. Er hatte seinem Vater öfter ein Angebot für die Farm unterbreitet, aber sein Vater lehnte stets ab. Jetzt will er diese verdammte Farm endlich verkaufen! Er wird nicht reich damit, aber es muss für die nächsten Wochen reichen.

Der alte Herold erkennt ihn sofort und bittet ihn ins Haus. Sie einigen sich schnell und den alten Jeep kann er hier gleich hier stehenlassen. Dafür bekommt er ein Taschengeld, aber was sollte er mit diesem Schrotthaufen hier in der Stadt. Mit dem Scheck betritt er sofort die nächste Bank und löst ihn ein. Einen Teil des Geldes stopft er in seine Stiefel, die er trägt und die andere Hälfte legt er auf sein erstes eigenes Konto an. Jetzt hatte er eine Rücklage, falls er hierher zurückkommt. Der nächste Schritt ist für ihn klar. Er muss zum Flughafen. Aber wohin soll er fliegen? Wo würde er seine leibliche Mutter finden? Er überlegt kurz und beschließt, Marana aufzusuchen. Sie ist die Einzige, die ihn in all den Jahren begleitet hat. Sie war die beste Freundin seiner Mutter. Er hatte sie, seit dem

Ende seiner Schulzeit, nicht mehr gesehen und hofft, dass sie noch in dem alten Haus gegenüber vom Bahnhof wohnt. Er läuft aufgeregt in die Richtung und sieht schon vom Weiten, dass sich das Haus in den letzten Jahren nicht verändert hatte. Die Farbe blättert überall ab und das Tor hängt schief im Eingang. Es quietscht, als er es öffnet. Während er vor der Tür steht und anklopft, schlägt sein Herz in seiner Brust schneller. Was erwartet er hier zu finden? Er ist nervös und als sich die Tür öffnet, sieht er das vertraute Gesicht von Marana. „Sie ist alt geworden", huscht ihm der Gedanke durch den Kopf. Ihr Gesicht lächelt, als sie ihn sieht. „Wilhelm! Deine Mutter wusste, dass du eines Tages hier an meiner Tür stehst." Sie lässt ihn an der geöffneten Haustür stehen und geht in eines der hinteren Zimmer. Sie kommt mit einem Zettel in der Hand wieder zurück. „Der ist von deiner Mutter, als sie gegangen ist. Sie sagte zu mir, der Tag wird kommen, wo du wissen willst, wo sie ist. Zu dem Zeitpunkt wusste sie nicht, wo genau sie hingeht, aber du wirst sie finden. Gehe los und suche deine Wurzeln", spricht sie auf Afrikaans. Er nickt und nimmt den Zettel entgegen. Auf der Seite steht nur – Richard Kramer in Bremen – Elisabeth.

Dieser Mann auf dem Zettel hatte ihm seine Mutter weggenommen. Weggeholt von ihrem einzigen Sohn! Alleine gelassen mit einem Schläger. Warum hat sie ihn nicht nachgeholt? Er hat so viele Fragen und hofft jetzt endlich auf Antworten. Er fährt mit dem Taxi zum Flughafen und kauft sich von dem letzten Geld seines Vaters, aus dem Glas im Küchenschrank, ein Flugticket. Der Flug geht erst am späten Abend nach Deutschland. Er setzt sich auf die Bank vor dem Flughafengebäude und schaut auf die Menschen, die das Gebäude verlassen oder hineingehen. Raus hier, nur weg. Sein Ziel ist festgelegt. Er will endlich wissen warum!

Heller Blick

Mittlerweile hatten wir uns die dritte Einrichtung angesehen. Ich bin erschrocken wie kühl und trocken es in den Pflegeeinrichtungen abläuft. Sogar Frauke schaut teilweise abfällig in die Wohnräume. Überall gibt es die selben Aussage eine Wartezeit von 6 bis 12 Monaten. Es ist eine

Katastrophe. „Der Arzt hat mir gestern schon keine Hoffnung gegeben", sage ich zu Frauke. „Er stellt uns eine Dringlichkeitsbescheinigung aus, aber an diesen 6 Monaten kommen wir nicht vorbei." Frauke zuckt mit den Schultern. „Du bist ja wieder weg und ich habe die Scheiße hier alleine an den Hacken. Also, was regst du dich auf", kommt es zynisch aus ihrem Mund. Ich bleibe mitten auf der Straße stehen und schaue ihr ins Gesicht. „Meinst du echt, Papa ist mir egal! Nein ist er mir nicht! Ich bin jetzt hier und versuche das, gemeinsam mit dir zu organisieren. Wenn ihr ehrlich mit mir gewesen wärt, hätten wir doch schon mal eher etwas bewirken können. Was soll diese Unterstellung!" Ich kann mich nicht mehr zusammenreißen. Ich koche innerlich und gleichzeitig ist mir zum Weinen zumute. Ich wurde über Jahre hinweg belogen und betrogen von meiner ganzen Familie. Weg von den Lügen, zurück in ein ehrliches Leben.

Frauke sieht mich an. „Was hättest du denn unternommen, wenn man nur mal eben 10.000 Kilometer weit weg wohnt und das Internet eine Katastrophe ist. Mal ehrlich Jule. Lass den Mist mit deinem schlechten Gewissen!" Ich schlucke. „Mein schlechtes Gewissen? Ihr solltet euch alle schämen! Wir waren mal eine Familie!" Ich kann kaum die Fassung bewahren. „Ja genau… Wir waren eine, bis du weggegangen bist." Damit steigt Frauke in ihr Auto und wartet darauf, dass ich einsteige. Ich wollte schreien, weinen oder ihren dämlichen roten Flitzer eine Beule verpassen. Ich schlucke den Frust herunter und steige ein. Es nützt jetzt gar nichts mehr. Es ist für alles zu spät.

Wir hatten noch einen Termin bei einer Einrichtung Namens „Heller Blick". Ein ungewöhnlicher Name für diese Art von Pflegeeinrichtung. Als wir in die Straße reinfahren, spüren wir beiden schon die Ruhe und Geborgenheit in dieser Umgebung. Überall stehen Buchen und Linden bis zum Ende der Sackgasse. Wir parken direkt in der Gasse, vor dem gelben Haus an denen Blumen an die Hauswand gemalt sind. Sonnenblumen, wenn das kein Zeichen ist. Das Haus ist recht klein und deshalb gibt es hier nur wenige Pflegeplätze. Ein hoher Zaun umschließt, das mit Bäumen bewachsene Grundstück. Wir klingeln und durch eine Kamera mussen wir uns ausweisen. Das Tor öffnet sich und wir gehen hinein. Hinter der Eingangspforte ist eine Art Straße angelegt. In der Mitte steht eine Bushaltestelle. Es fühlt sich komisch an diese Haltestelle so im Nichts, aber ich habe schon davon gelesen, dass Menschen mit Demenz an einer Bushaltestelle warten. So weit ist unser Vater zwar noch nicht, dass er sich auf die Bank setzt, um auf den Bus zu warten. „Na ja, aber auf der Parkbank an der Weser", schießt mir der Gedanke in mein Kopf. Eine ältere kräftige Frau öffnet uns die Tür zum Gebäude. Es strömt uns ein angenehmer blumiger Geruch entgegen. Wir drei laufen zusammen in das Büro der Leiterin der Pflegeeinrichtung. „Guten Tag. Ich bin Frau Thiel. Was kann ich für Sie tun", fragt Frau Thiel. Frauke erklärt ihr den derzeitigen Pflegegrad unseres Vaters und endet mit den Sätzen „Unsere Mutter ist gestorben und meine Schwester hier ist bald wieder im Ausland. Ich bin beruflich sehr eingebunden und kann mich nicht alleine um alles kümmern. Wir suchen schnellstens einen anständigen Platz für unseren Vater." Ich sage nichts. Sie hat ja Recht. Unser Vater wird abgeschoben und ich fliege wieder in mein Leben zurück und Frauke? Habe ich einmal an sie gedacht? Sie hat niemanden mehr. Sie kann aber wenigstens hin und wieder unseren Vater besuchen. „Also schnellstens können wir Ihnen keinen Platz anbieten, aber mit Glück in 12 Monaten. Wir haben eine lange Warteliste und hier zieht keiner freiwillig wieder aus" lächelt Frau Thiel. Ein Jahr! Ein verdammt langes Jahr! „Was kämen für Kosten auf uns zu?" Wie gewöhnlich behält Frauke die Ruhe. Sie ist eine Geschäftsfrau, sachlich und mit kühlem Kopf. Sie klärt den Rest des Gespräches, wo bei mir dauernd nur ein verdammtes Jahr herumgeistert. Wir sehen uns ein Zimmer an. Freundlich, in hellen Farben gestrichen mit Blick in den Wald. Der Essraum ist wie eine Art Museum eingerichtet. Viele Bücher auf den Regalen an den Wänden, irgendwelche alte Bilder von unbekannten Künstlern und wenn man die Tische zählt, gab es nicht viele Bewohner. Ich nehme überall den blumigen Duft wahr. In den anderen Einrichtungen roch es nach Desinfektionsmittel oder Urin. Hier ist das nicht der Fall. Die Kosten dieser Einrichtung waren höher, als in den anderen Residenzen, aber wenn wir das Haus verkaufen, würde es aufgehen. Wir verlassen das Gelände mit hängenden Köpfen. „Tja, du musst wohl noch etwas bleiben", meint Frauke zu mir, als wir wieder im Auto sitzen. „WAAAS! Spinnst du jetzt ganz? Ich habe zwei kleine Kinder und einen Mann, aber davon kennst du ja nichts als ewiger Single", schreie ich sie an. Wie üblich lässt Frauke sich nicht aus der Fassung bringen und wir fahren schweigend bis zum Haus unserer Eltern. Ich nehme die Papiere und springe aus dem Auto, knalle die Tür zu und gehe ins Haus. Ich muss jetzt mit irgendjemandem reden. Mit jemandem, der nicht zu dieser Familie gehört. Aber zuerst sehe ich nach Papa. Er sitzt zufrieden in seinem Sessel. „Hallo Julchen, bist du wieder zurück? Hast du etwas Nettes mit Frauke unternommen?" „Ja Papa haben wir. Möchtest du irgendetwas?", frage ich ihn. Er schüttelt den Kopf. Kurz überlege ich, ob ich ihn auf Mama ansprechen sollte, aber ich lasse es. Ich gehe in die Küche und sehe den Zettel von Hanna. Ich wähle ihre Nummer und sie lädt mich für den nächsten Abend zu sich nach Hause ein.

Die Nacht kann ich nicht schlafen. Wie soll das hier mit unserem Vater weitergehen? Ich bin nicht mehr bereit, meine Familie noch länger alleine zu lassen. Ich will endlich wieder nach Hause! Nächste

Woche ist die Beerdigung unserer Mutter und ich wünsche mir so sehr, dass Jonas hier ist. Mir geht langsam die Kraft aus. „Durchhalten!", schreit etwas in meinem Kopf. Es wird sich alles zum Guten wenden. Bleibe positiv. Die Vögel fingen schon an zu zwitschern, als ich endlich meine Augen für zwei Stunden schließe. Wie ausgebrannt stehe ich auf. Es ist Sonntag und ich weiß nicht, was ich bis zum Abend machen soll. Ich konnte ja schlecht mit den klappernden Flaschen zum Glascontainer laufen. Wie oft würde ich ohne Auto zum Glascontainer laufen? Nein, zu Fuß ist das keine Option, entscheide ich. Ich werde heute mal mit meinem Vater über sein Auto sprechen. Es muss repariert oder am besten gleich verkauft werden. Er würde ja selbst nicht wieder damit fahren. Somit beschließe ich, mich in die oberste Etage zu schleichen und die Sachen meiner Mutter in blaue Säcke zu packen. Ich muss jetzt alles erledigen und kann nichts mehr hinausschieben. Wenn ich das nächste Mal nach Deutschland komme, wird mein Vater im Heim sein und alles andere ist verkauft. Erst einmal gehe ich hinunter und sehe nach meinem Vater. Er sitzt nicht in seinem Sessel! Voller Panik schaue ich mich um.

„Papa, Papa, wo bist du? Ich will uns Kaffee kochen", rufe ich durch das Haus. Nichts, keine Antwort. Nicht schon wieder! Ich habe dafür keine Kraft mehr. Ich höre ein leises Klirren, so als ob Flaschen auf den Boden fallen. Wie erstarrt bleibe ich stehen. Ich lausche noch einmal, woher das Geräusch kommt. Da, wieder ein leises klirren. Ich öffne die Tür zum Keller. Das Treppenlicht ist eingeschaltet. Langsam gehe ich die Treppe hinunter. Mein Vater steht zwischen dem ganzen Leergut und sortiert das Chaos. „Papa, was machst du hier?", frage ich ihn irritiert. „Jule, bist du endlich mal wach. Ich war ewig nicht mehr hier unten und sieh dir diese ganzen Flaschen an! Warum habe ich die noch nicht weggebracht?" Ich starre ihn an. „Alles in Ordnung mein Julchen?", fragt er mich. „Ja…ja… Papa", stottere ich. Hatte mein Vater meine Gedanken heute Morgen gehört? „Papa, packst du die ganzen Flaschen in das Auto?" „Nee Jule, ich lege sie in den Garten, eine Art Gartenzwerg", und zeigt mir einen Vogel. „Ja, aber hast du dein Auto mal vorne angeschaut?" „Ach das meinst du. Der Unfall. Ich bin beim Herausfahren an das Garagentor gefahren. Die Kurve war etwas zu eng." „Was willst du mit deinem Auto jetzt machen?" Ich bin gespannt auf seine Antwort. „Ich bringe das Auto morgen in die Werkstatt. Die Versicherung bezahlt den Schaden. Das Auto ist ja vollkaskoversichert und bis jetzt hatte ich noch keinen Versicherungsschaden." Ich spüre eine Art der Erleichterung. Er ist zurück in unserer Welt. Heute ist endlich mal ein guter Tag für uns alle. Ich packe mit an und wir stapeln, so viel wir können in sein Auto. Er scherzt mit mir herum und wir lachen gemeinsam. Natürlich passen nicht alle Flaschen auf einmal in das Auto, aber es war schon ein breiter Gang durch den Keller entstanden. Ich stelle die Kaffeemaschine an und wir setzen uns gemeinsam an den Küchentisch. „Papa" Er schaut mich an. „Ich möchte dich etwas fragen und ich habe ein Recht auf die Wahrheit. Ich bin kein kleines Kind mehr, dem man alles Schönreden muss und außerdem bin ich jetzt hier und sitze dir direkt gegenüber." „Was möchtest du wissen Julchen?" Er lächelt mich freundlich an und wir wissen beide, es wird Zeit für ein ehrliches Gespräch. „Wie hast du Mama kennengelernt?" Ich weiß jetzt würde ich endlich Antworten bekommen. „Ach herrje diese alte Geschichte! Gut, ich denke, du bist bereit dafür. Du weißt doch, dass ich als junger Mann viel durch die Welt gereist bin. Beruflich und privat. Ich hatte stets den Druck, ich müsste vor der Familienplanung die Welt kennenlernen und somit war ich eines Tages beruflich in Südafrika."

50 Jahren zuvor

Es ist ein extrem heißer Tag, als ich aus dem Flughafengebäude komme. Jetzt, wo ich aus dem deutschen Winter hier angekommen bin, habe ich das Gefühl, es wäre der heißeste Tag im ganzen Jahr. Ich verlasse das Gebäude und der Schweiß läuft mir hinten über den Rücken in meine Unterwäsche. Ich setze mich draußen vor dem Gebäude auf eine kleine Bank. Ich achte nicht auf das Schild, welches dort angebracht ist. Mir ist nur warm und ich muss dringend aus diesen dicken Sachen raus. Ich winke mir ein Taxi und fahre zu der kleinen Pension, die mir am Flughafen, am Informationsschalter empfohlen worden war. Es ist eine kleine und etwas heruntergekommene

Unterkunft. Ich betrete den Eingangsbereich und sehe auf der linken Seite den kleinen Tresen mit der Rezeption. Rechts steht ein runder kniehoher Tisch mit zwei grünen Cocktailsessel. Die etwas beleibte Frau hinter dem Tresen spricht mich freundlich in Englisch an. Ich antworte ihr und sie hört meinen Akzent. „Kommen Sie aus Deutschland junger Mann?", fragt sie mich im gebrochenen Deutsch. Sie erzählt mir, dass sie einen Cousin in Frankfurt hat und deshalb ein paar Brocken deutsch spricht. Hier kann ich erst einmal meine paar Sachen unterstellen, während ich das Kap erkunde. Es stellt sich heraus, dass die Frau die Besitzerin dieser Pension ist und sie erklärt mir kurz, dass es Frühstück morgens ab 7 Uhr gibt. Es ist nur ein kleines Frühstück mit Spiegelei und Speck und einem Kaffee, aber das reicht mir. Alles andere kann ich mir hier in der vielfältigen Stadt kaufen. Südafrika! Mein Arbeitgeber hat mich für zwei Wochen in ein deutsches Unternehmen hier ans Kap geschickt. Ich muss den Mitarbeitern die neue logistische Herausforderung für die Beschaffung von Materialien erläutern. Das ist der Vorteil, wenn man einer der wenigen Mitarbeiter ist, der die englische Sprache beherrscht. Als mein

Vorgesetzter mir das Reiseziel mitteilte, war ich im ersten Moment etwas ungehalten. Ich musste doch nicht in ein Land, wo die Apartheid herrscht. Ich war aber der Einzige, der diesen Auftrag ausführen konnte und somit blieb mir nichts anderes übrig und ich bestieg das Flugzeug und zum Kap der Guten Hoffnung. Hinter mir der imposante Tafelberg und vor mir ein paar Schiffe im Hafen. Die wenigen Wolken liegen wie eine Bettdecke über der Spitze des Tafelberges. Ich will mich nicht weiter, in dieser kurzen Zeit, mit der Trennungspolitik beschäftigen. Das ist hier nicht meine Aufgabe. Und die kurze Zeit, die ich hier habe, nur in mir aufsaugen. Ich weiß, ich würde nie wieder in meinem Leben hier herkommen. Morgen gehe ich in das Unternehmen und erledige meinen Job.

Nachdem ich die warme Meeresluft vom Atlantik eingeatmet habe, gehe ich zu dem kleinen Café an der Straße kurz vor meiner Pension. Ich hatte es bei der Ankunft aus dem Taxi gesehen. Heute werde ich zeitig schlafen gehen. Der lange Flug hatte mich schon gestresst und ich bin müde, weil ich die Nacht so gut wie gar nicht im Flieger geschlafen hatte. Ich stehe vor dem Café und sehe auf das Schild am Eingang: „Zutritt nur für Weiße". Ich will mich wieder abwenden, da sehe ich diese Schilder überall. Ob über Eingangstüren oder Parkbänken. Ich muss mich ernsthaft überwinden, hier durch die Tür zu gehen. Das Café ist sehr nett eingerichtet und ich bestelle mir einen Kaffee und einen Malva Pudding. Das hatte ich im Flugzeug gelesen, dass der Pudding hier ein traditionelles Dessert ist. Der mehr ein Kuchen ist, aber den man mit Pudding isst. Nun sitze ich hier am Fenster und schaue mir die Menschen an. Erschreckend, dass Schwarz und Weiß noch nicht mal auf einer Straßenseite laufen dürfen! Die Schattenseite dieses Landes. Mir ist nicht nach mehr Menschen zumute und ich verlasse das Café, um wieder in meine Pension zu gehen. Mir fällt ein alter und herunter gekommener Jeep auf. Direkt am Auto gelehnt steht eine dünne Frau. Sie sieht so zerbrechlich aus, hat aber auffallend lange Beine und unvorstellbar lange rote Haare. Sehr ungewöhnlich für dieses Land. Ich gehe direkt an ihr vorbei und sie sieht verschüchtert auf den Boden. „Guten Tag", rutscht es mir in Deutsch aus dem Mund und sie antwortet genauso. Wie vom Donner gerührt bleibe ich stehen. „Bitte, gehen Sie weiter. Bitte!", flüstert sie kaum hörbar. Ich gehe erst einmal weiter, dabei begleitet mich ein komisches Gefühl. Trotz ihrer braunen Haut habe ich beim Vorbeigehen, die blauen Flecken auf ihren Armen sehen. Ich habe zwar keine Ahnung von häuslicher Gewalt, aber es sieht so aus, als ob jemand sie zu fest angefasst hatte. Ich überlege nicht lange und gehe in einen kleinen Laden mit Tabakwaren und frage nach Papier und Bleistift. Schnell schreibe ich meinen Namen und meine Unterkunft auf den Zettel, falte es zusammen und gehe wieder zurück zu dem Jeep. Sie steht dort völlig eingeschüchtert. Als sie mich sieht, zuckt sie zusammen. „Bitte", haucht sie, wie ich näherkomme. Ich gehe an ihr vorbei und stecke den Zettel dabei unauffällig in ihre Hand. „Falls Sie Hilfe benötigen", flüstere ich in Deutsch und gehe weiter. Mehr kann ich jetzt nicht mehr verrichten. Ich laufe zurück in die Pension, ziehe meine Schuhe aus und lege mich auf das Bett. Das Zimmer ist sauber, aber schon extrem blumig eingerichtet. Überall wo man hinsieht, waren Blümchen. Auf den Gardinen, Spitzen an der blumigen Tagesdecke aufgenäht und die blumige Tapete übertrifft wirklich alles. Ich liege so auf dem

Bett und überlege, warum ich das mit dem Zettel unternommen habe. Etwas Magisches zog mich zu dieser Frau hin und das war nicht nur ihre deutsche Antwort. Sie ist ungewöhnlich reizvoll und zart, fast schon zerbrechlich.

Die nächsten Tage waren lang für mich. Ich gehe morgens frühzeitig in die Firma und komme spätabends zurück. Zwischendurch gehe ich mit den Kollegen zum Essen, aber alle um mich herum sind weiß und das Thema Apartheid ist hier wie ausgeblendet. Die Menschen leben damit, als ob es das Normalste auf der ganzen Welt ist. Das macht mich wütend. So bewundernswert wie dieses Land ist, hier würde ich auf gar keinen Fall wieder herkommen. Eines Abends denke ich wieder an diese langbeinige Frau am Auto und ich weiß, dass ich sie keinesfalls wieder sehen würde, da auch meine Zeit sich dem Ende zuneigt. Ich hatte nur noch zwei Tage Zeit, bis zu meinem Abflug nach Deutschland. Meine Arbeit war fast abgeschlossen und heute wollte ich einen Tag raus aus der Stadt und endlich ein paar typisch afrikanische Tiere sehen. Ich bin hier in Afrika und die Zeit muss ich mir nehmen. Ich gehe die Treppe in der Pension herunter und höre eine junge Frau am Empfang mit meiner Wirtin reden. „This is for Mr. Kramer", höre ich sie sagen, bevor sie sich zum Gehen abwendet. Ich gehe einen Schritt schneller und bekomme die junge Frau an der Tür zu fassen. „I´m Mr. Kramer", sage ich schnell zu ihr. Sie dreht sich um. „Oh hallo! Ich habe Ihnen eine Mitteilung von meiner Freundin hinterlassen. Sie meint, sie kennen sich persönlich", sagt sie im perfekten Englisch. „Wer sind sie und wer ist ihre Freundin", fragend sehe ich sie an. „I´m Marana and my friend is Elisabeth van der Merwe." Ich schaue sie an und lasse mir die Nachricht an der Rezeption aushändigen.

Ich brauche Hilfe!

Bitte!

Ich bin am Mittwoch wieder in der Stadt.

Gleicher Zeitpunkt, gleicher Ort.

Elisabeth

Das war alles. „Bitte Marana, haben Sie einen Moment Zeit? Ich würde gerne etwas mehr wissen von…Elisabeth." Die junge Frau schüttelt nur mit dem Kopf. „Nein, das tut mir leid. Ich kann Ihnen da nicht helfen. Nur eins sage ich Ihnen. Wenn Beth dort nicht herauskommt, wird sie das Jahr nicht mehr überleben. Er schlägt sie halbtot vor den Augen ihres Kindes. Helfen Sie ihr, wenn Sie es können." Damit zieht sie die Tür von der Pension auf und verlässt das Haus. Ich muss das einen Moment lang verarbeiten und als ich ihr hintergehen will, ist sie wie vom Erdboden verschwunden. Die Wirtin guckt mich an und schüttelt mit dem Kopf. „Halten Sie sich da raus", zischt sie mir entgegen.

Ein Fahrer, den die Firma organisiert hatte, holt mich ab und ich gehe auf Safari im Krüger Nationalpark. Den gibt es schon seit 1926, erklärt mir der Fahrer. Meine Kleidung ist nicht angemessen dafür, aber ich wollte mir für diesen einen Tag nicht einen neuen Look verpassen. Ich bin beeindruckt von der Weite dieses Landes und ich sehe das erste Mal im Leben Elefanten, Zebras, Giraffen und viele Tiere mehr. Mittags gibt es ein Lunch in einem Hotel auf der Terrasse aus Bobotie mit Springbockfilet in einer Rotweinsoße und einen Nachtisch namens Melktert, eine Kombination aus Mürbeteig und Füllung, den ich niemals vergessen werde. Die Köche sind Meister in diesem Land und ich kann behaupten, dass ich bis dahin nicht so gut gegessen habe. Das alles war bemerkenswert und trotzdem hatte ich dieses flaue Gefühl im Magen. Permanent denke ich an diese Elisabeth.

Mein Flug geht am Mittwochabend. Ich habe keine Lösung gefunden, falls die Frau an diesem Jeep steht. Meine Arbeit war erledigt und ich muss zurück nach Deutschland. Ich beschließe, dass alles zu vergessen und am Mittwoch in das Flugzeug zu steigen um dieses landschaftlich bemerkenswerte Land zu verlassen. Diese Politik hier ist schon schwer genug für mich und jetzt habe ich mir ein zusätzliches Problem aufgehalst. Warum nur? Am Mittwoch fühle ich mich nicht wohl dabei, einfach so zu verschwinden, wenn jemand meine Hilfe benötigt. Ich war es, der ihr die Hilfe angeboten hatte. Ich gehe zur selben Zeit, wie beim letzten Mal, zu dem Ort und sie steht dort tatsächlich. Ich sehe ihre völlige Verzweiflung. Sie zittert am ganzen Körper und ein Auge ist angeschwollen. Ich kann nicht anders und gehe auf sie zu. Sie sieht mich und ich sehe Hoffnung in ihren Augen. Ich gehe an ihr vorbei. „Folgen Sie mir in die Pension. Den Rest klären wir dort", flüstere ich ihr zu, ohne sie anzusehen. Als ich die Tür der Pension öffne, spüre ich jemanden direkt hinter mir. Zitternd setze ich Elisabeth erst einmal gegenüber der Rezeption in einen der Cocktailsessel. Ich gebe ihr ein Glas Wasser, damit sie sich etwas beruhigt. „Was machen wir jetzt bloß mit Ihnen. Ich fliege heute Abend zurück nach Deutschland und kann sie schlecht hier so sitzen lassen." Sie sagt nichts und meine Wirtin schüttelt nur mit dem Kopf. Sie trinkt ihr Glas leer und steht auf. Sie greift in ihren völlig verdreckten Stiefel und holt einen deutschen Reisepass hervor. Somit ist meine Entscheidung gefallen. Ich gehe in mein Zimmer und nehme den braunen Lederkoffer vom Bett. Jetzt wird es Zeit, von hier zu verschwinden.

Wir bestellen uns ein Taxi und Elisabeth bekommt von der Wirtin ein Kopftuch und einen Pullover. Dieser ist ihr zwar um einiges zu groß, aber ER wird sie nicht gleich erkennen, wenn sie hier aus der Pension ins Taxi steigt.

Sie ist jetzt abgehauen und er wird sie suchen. Er wird alles versuchen, um sie zu finden, und sie umbringen. Das sagt sie mir, während wir auf den Weg zum Flughafen sind. Wir halten noch einmal kurz an und ich kaufe ihr etwas zum Anziehen.

Eine lange Hose und eine Jacke. Elisabeth traut sich nicht aus dem Auto. Ihre deutschen Papiere sind in Ordnung und ich kann ihr am Flughafen ohne Probleme einen Flug buchen. Es ist alles so einfach! Als wir endlich im Flugzeug sitzen, lehnt sie sich an meine Schulter und weint. „Beth beruhige dich", flüstere ich. „Du bist jetzt in Sicherheit." Sie schaut mich an. „Bitte nenne mich nie wieder Beth! Beth ist Geschichte sowie mein einziges Kind. Ich werde meinen Sohn nie wieder sehen. Ich hoffe, er schlägt ihn nicht eines Tages tot." Ich starre sie an. Was habe ich getan! Mir wird übel. Da fällt es mir wieder ein. Marana hatte das Kind erwähnt. Ich hatte es vergessen in dieser ganzen Aufregung. Ein Kind vergessen bei einem Schläger.

Klarheit

„Papa! Du hast Mama aus Afrika rausgeholt!", sage ich beeindruckt. „Ja Jule. Deine Mutter ist damals aus Deutschland weggelaufen, schwanger von einem südafrikanischen Soldaten. Er hat sie mitgenommen und nachdem er seinen Dienst beendet hatte, sind sie auf die Farm seiner verstorbenen Eltern gezogen." Ich schaue ihn ungläubig an. „Schau nicht so Julchen. Was meinst du, was für ein Schock es war, als du nach Namibia ausgewandert bist. Ihre ganze Lebensgeschichte kam in ihr wieder hoch sowie der Gedanke an ihren Sohn." Mir fehlen die Worte. „Weiß Frauke von allem?", frage ich ihn. „Ja.", und er schaut aus dem Fenster. „Warum wissen alle davon nur ICH nicht?"

Mein Vater ist müde. Er überlegt sich hinzulegen um seinen Mittagsschlaf zu halten. Gerade wo er heute so gut bei Verstand ist. Ich will ihn nicht gehen lassen! „Papa, können wir nicht noch etwas reden? Ich habe noch so viele Fragen", sage ich vorsichtig zu ihm. „Nein mein Schatz, ich lege mich kurz hin und wir reden später weiter." Ich hoffe es so sehr, dass sich sein Zustand nicht gleich wieder verändert.

Somit räume ich das Geschirr von unserem kleinen Mittagessen weg und versuche, Jonas telefonisch zu erreichen. Sonntag auf der Farm. Da ist der Ruhetag unser Familientag. Ab und zu fahren wir zu meinen Schwiegereltern auf die Farm. Jonas´ Eltern sind sehr nett und lieben die Kinder. Aber sie sind in dem Land als Farmer groß geworden und unsere Ansichten sind schon unterschiedlich. Ich weiß noch, wie ich das erste Mal von Homeschooling sprach. Sie waren geschockt, dass ich die Kinder nicht freigeben wollte. Oder als ich Pilze geschnitten hatte und den Stiel nicht komplett mit verwertete. Nur weil ich das trockene Ende zu großzügig abgeschnitten hatte. Ich muss lächeln. Ich vermisse meine Familie und jetzt noch viel mehr, nach so einer Offenbarung. Wie hat meine Mutter das alles erlebt? Es klingelt tatsächlich 10.000 Kilometer weiter auf der Farm und Jonas geht nach dem dritten klingeln an sein Telefon. „Hallo mein Schatz", ruft er durch den Hörer. Ich hoffe, die Verbindung bleibt stabil. Ich rede und rede und Jonas hört zu. „Was meinst du Jule. Vielleicht kannst du deinen Vater ein paar Monate mit herbringen bis ihr einen Platz im Heim für ihn gefunden habt?" Ich überlege kurz. „Wie sollen wir das machen? Er darf ja höchstens drei Monate im Land bleiben und bis dahin habe ich noch keinen Platz für ihn. Wo soll er anschließend hin, wenn er zurückmuss?", sage ich zu ihm. Da sind wieder die ganzen Probleme. Ich höre noch die Stimme meiner kleinen Alina, die mir sagt, dass sie mich „sooooo dolle vermisst". Das tut weh im Mutterherz. Jonas erzählt noch, dass Kaspar sich gut macht im Internat und er kommt in seinen ersten Ferien nach Hause. Ich will bis dahin wieder auf der Farm sein und somit ist für mich ein Zeitfenster gesetzt.

Mein Vater ist den Tag über so, wie ich ihn kenne, aber er will nicht mehr über seine Vergangenheit sprechen. Da ich noch die Verabredung mit meiner damaligen Freundin Hanna habe, mache ich mich dafür fertig. Ich dusche und ziehe mir saubere Kleidung an. Schminke lege ich schon lange nicht mehr auf. Das ist auf einer Farm unpassend. Mit dem Regenmantel meiner Mutter nehme ich die Straßenbahn zu dem anderen Teil der Stadt. Tristes Wetter begleitet mich wieder. Der Regen klatscht nur so gegen die Scheiben. „Das kann einem hier aber auf die Stimmung schlagen", rede ich zu mir selbst, als ich so aus dem Fenster schaue. Ich stelle fest, dass ich dieses Land hier nicht vermisse.
Ich steige aus der Straßenbahn und öffne den schwarzen Regenschirm meines Vaters. Der Regen

prasselt wie verrückt darauf herum. Meine Schuhe sind für dieses Wetter nicht geeignet und die Füße sind schon wieder klitsch nass. Ich eile zu der angegebenen Adresse von Hanna und klingel. Ein mir fremder Mann öffnet die Tür. „Hallo, ich bin Jule und bin mit Hanna verabredet", sprudelt es aus mir raus. „Hallo Jule. Ich bin Marco. Komm herein. Hanna ist in der Küche. Das Wetter ist ja wieder schrecklich heute!" Er nimmt mir meinen Regenschirm ab und ich ziehe erst einmal meine nassen Schuhe aus. Da kommt auch schon ein kleiner Junge auf mich zugestürmt. „Du bist aus Afrika, hat Mama gesagt. Aber warum bist du nicht so braun, wie die anderen Menschen dort?", fragt er mich erstaunt. „Hallo kleiner Mann. Ich bin Jule und du?" Er blickt mich mit seinen großen Augen an. „Lenni. Ich bin Lenni", und dann rennt er los „Mama! Mama! Die Tante aus Afrika ist da." Ich lache. „Entschuldige bitte, aber die beiden waren heute wegen dir schon ganz aufgeregt", meint Marco. „Die beiden? Habt ihr zwei Kinder?", frage ich ihn. „Nein Jule. Ich meinte damit meine Frau und Lenni", lacht er. Da öffnet sich eine Tür am Ende des Flures und Hanna kommt angestürmt. „Jule! Wie schön, dass du da bist. Ich habe mich schon so auf dich gefreut. Komm, lass uns erst mal einen Sekt trinken, so wie früher", lacht sie. Sie nimmt mich an die Hand und führt mich in eine große Wohnküche. Helle gelbe Wände und mit einem Tresen inklusive eines Gasherds in der Mitte. Dort auf dem Tresen stehen schon zwei Sektgläser und es riecht ausgezeichnet nach mediterraner Küche. Wir stoßen gemeinsam an und fangen gleich an, uns die alten Geschichten zu erzählen mit, weißt du noch… Wir lachen über unsere Vergangenheit und sitzen zusammen an dem großen runden Tisch neben dem Tresen. Marco stellt uns erst einmal Bruschetta zur Vorspeise hin. „Hast du gekocht?", frage ich ihn. „Marco ist Italiener und kocht himmlische italienische Gerichte. Gerade heute, wenn wir so einen besonderen Gast hier haben", antwortet Hanna und wirft ihrem Mann einen Luftkuss zu. Der zweite Gang ist Spaghetti Agio e Olio. „Ich hoffe, du hast morgen nichts vor, bei diesem ganzen Knoblauch", grinst er. „Ich habe das mal auf der Farm gekocht, aber es war so trocken, dass sogar die Kinder mich schief angeguckt haben", erzähle ich. „Ja, das könnt ihr Deutschen halt nicht" und er dreht sich schnell weg, weil Hanna die Serviette nach ihm wirft. Der Nachtisch übertrifft alles. Ich liebe Tiramisu. Ich hatte die letzten Wochen nicht so gut gegessen, wie jetzt hier. Marco schenkt uns den Pino Grigio nach. Nach dem Essen erzählt Marco von seinem Job als Physiotherapeut. „Tja, das ist schon etwas schwierig, dieser Spagat zwischen Marcos Job und mit mir in der Altenpflege mit dem kleinen Lenni", meint Hanna, nachdem sie Lenni ins Bett gebracht hat. „Wie, du bist in der Altenpflege?" Ich werde auf einmal hellhörig. „Ja, ich arbeite im Schichtdienst in einer Pflegeeinrichtung für Menschen mit einer Demenzerkrankung. Wenn ich Spätschicht habe, muss Marco sich nachmittags um Lenni kümmern, aber jeder von uns hat nur eine 30-Stunden-Woche und das klappt", lacht Hanna. Marco steht auf und schenkt uns nach. „Trinkt ihr Mädels mal ruhig. Ich fahre dich nachher nach Hause Jule. Bei diesem Wetter schickt man sonst niemanden mehr vor die Tür", meint er. „Ach das ist aber nett. Dankeschön", und ich fange an, von meinem Vater zu berichten. Es bricht alles aus mir heraus. Durch den Alkohol werde ich emotional. Ich fange an zu weinen und Hanna nimmt mich in die Arme. „Ich weiß wirklich nicht, wie es weitergehen soll. Meine

Schwester ist beleidigt oder neidisch auf mich. Ich kann nicht wieder nach Hause, wenn ich nicht einen Platz für meinen Vater gefunden habe. Dazu kommt noch, dass man mich all die Jahre angelogen hat!" Ich hasse den Alkohol in mir, denn ich plaudere wie ein Wasserfall. Marco räumt das Geschirr ab und lässt uns alleine. „Hanna, du hast einen tollen Ehemann", meine ich zu ihr. „Ich weiß und ich gebe ihn auch nicht wieder her", sagt sie spielerisch ernst. „Pass mal auf Jule. Ich weiß bei uns in der Einrichtung gibt es eine lange Warteliste, aber ich werde am Montag mal schauen, was man da machen kann. Euer Arzt sagt, es ist ein Notfall? Dann gibt es eher einen Platz. Das geht nach Prioritäten. Eines Tages bringt uns sonst die Polizei persönlich deinen Vater vorbei und dann wird es noch schlimmer für ihn." Sie schaut mich an. „So sehr ich das alles so nicht möchte, aber ich habe keine andere Wahl." Ich starre auf die Kerze in der Mitte des Tisches. „In welcher Einrichtung arbeitest du?" Ich sehe ein klein wenig Hoffnung. „Eine recht kleine Einrichtung. Wir haben sogar eine Bushaltestelle im Garten. Es gibt einige Patienten, die dort den ganzen Tag sitzen und warten. Es ist schön, zu sehen, wenn sie dort zufrieden sind." Mit großen Augen schaue ich sie an. „Sag nicht, du bist im Hellen Blick!" Hanna fängt an zu lachen. „Doch, genau dort." Ach du meine Güte! „Da war ich gestern mit meiner Schwester. Diese Einrichtung hat uns am besten gefallen, aber die Wartezeit ist leider zu lange. Das wäre ja ein Traum!" Ich bin auf einmal total überdreht. „Vielleicht kann ich doch schon bald wieder nach Hause", und meine Tränen laufen über meine Wangen.

Um 2 Uhr nachts fährt Marco mich nach Hause. Hanna wird mich am Montag anrufen, wenn sie mit ihrer Chefin Frau Thiel gesprochen hatte. Es war so ein schöner Abend. Nach all den negativen Erlebnissen kann ich die Nacht endlich wieder einmal durchschlafen und als ich am Morgen aufstehe, riecht es schon nach Kaffee im Haus.

50 Jahren zuvor

Ich hatte Jandré total verliebt geheiratet. Ich war von ihm schwanger und konnte nicht mehr nach Hause zurück. Er hat meine Papiere über das

Militär organisiert. Ich bekam einen neuen Pass, in dem sie mich zwei Jahre älter machten. Jetzt bin ich kurz vor meinem 21. Geburtstag und damit bin ich auch in meiner neuen Heimat so gut wie erwachsen. Ich sitze im Militärflieger hinten bei den anderen Frauen. Jetzt geht es in die neue Heimat, schwanger und verheiratet. Ich weiß, dass ich meine Eltern nie wieder sehen würde, auch meine Schwester nicht. Das tut mir am meisten weh. Sie hat mir den Rücken freigehalten und ich habe zu ihr hochgesehen. Ich habe etwas Angst vor meiner neuen Zukunft. Jandré ist ein ungewöhnlicher Mann, aber mitunter aggressiv. Mein erstes Mal war in seinem Auto. Ich hatte keine Chance. Er nahm mich wie ungefragt, als wir mit dem Auto auf dem kleinen Hügel standen. Er meinte, ich solle mich nicht mehr so zieren, da wir schon einige Zeit miteinander ausgehen. Er zog meinen Rock hoch und das Höschen zur Seite. Es tat weh, als er in mich eindrang und es dauerte eine Ewigkeit, bis er fertig war. Ich weinte im Anschluss. „Stell dich nicht so an. Das gehört dazu", meinte er nur und zog seine Hose wieder hoch. Ich hatte eine kleine Bissspur an der linken Brust und mir machte er Angst, wenn er so wild ist. Trotzdem, ich finde ihn

143

faszinierend und bin ihm total verfallen. Ich hatte nichts über Sex gelernt. Meine Eltern sprachen nie über dieses Thema. Bei jedem Treffen fiel er über mich her und ich ließ es über mich ergehen. Vereinzelt machte er Dinge mit mir, die ich vorher nie gehört hatte. Ich wusste es nicht besser und nahm an, das gehört dazu. Ich musste würgen, wenn er mir sein Glied in den Mund steckte, und einmal nahm er mich von hinten. Es war die Hölle für mich und es tat alles weh. Worauf ich mich weigerte, ihn wiederzusehen. Doch jetzt war ich schwanger und musste mit ihm sprechen. Als ich ihm das sagte, kniete er sich vor mich hin und machte mir einen Heiratsantrag. Ich war ihm wieder verfallen. Er hat seine guten und schlechten Seiten, aber ich hoffte, damit leben zu können. Jetzt sitze ich hier im Flugzeug nach Südafrika. Meine Eltern machen sich bestimmt gerade große Sorgen und meine Schwester wird für ihre ganzen Lügen bestraft. Ich schaue aus dem Fenster und habe Angst vor meiner Zukunft.

Wir landen in einem immens warmen Land. Ich habe absolut keine Ahnung von diesem Land, ganz zu schweigen von diesem Kontinent. Ich fand den Geografie Unterricht in der Schule langweilig. Ich erahnte ja nicht, dass ich aus unserer kleinen Stadt herauskomme. Jetzt sitze ich hier und alles um mich herum spricht die Sprache Afrikaans. Das hatte ich schon von Jandré gehört und ich verstehe nur ein paar einige Worte. Mein Mann spricht ab sofort nur Afrikaans mit mir. Er meint, umso schneller lerne ich die Sprache. Das ist wichtig, auch wenn es mir jetzt noch schwerfällt.

Die Hitze hier draußen erschlägt mich. Die Sonne brennt wie Feuer auf meine blasse Haut. Ich kann keine Sonne ab. Ich bin der rothaarige Typ und bekomme Hautausschlag. Ich hoffe, das wird sich hier mit der Zeit legen. Wir fahren zu einem Freund von Jandré. Dort werden wir drei Tage bleiben, um im weiteren Verlauf auf die Farm seiner Eltern weiterzufahren. Ich laufe ihm wie ein Dackel hinterher. Mehr kann ich jetzt nicht ausrichten. Wir nehmen uns ein Taxi und fahren quer durch die Stadt. Die Häuser werden exklusiver und die Zäune höher. Das Haus seines Freundes ist riesig mit einem gigantischen Swimmingpool im Garten. So etwas kenne ich aus Deutschland gar nicht und bin total beeindruckt. Auch sein Kumpel hatte in der Zeit, wo Jandré weg war geheiratet. Seine Frau heißt Marana. Wir verstehen uns auf

Anhieb und während die Männer ein Bier nach dem anderen Trinken, erklärt mir Marana das Leben hier im Land. Leider verstehe ich sie noch nicht auf Afrikaans, aber mit Händen und Füßen geht das schon. Ich versuche, ihr ein paar Wörter auf Deutsch beizubringen. Wir lachen die ganze Zeit über und ich weiß, ich habe eine Freundin fürs Leben gefunden. Die Gastfreundschaft dieser Menschen ist sagenhaft. Ich fühle mich schnell wohl und spreche nach kürzester Zeit die ersten Sätze in Afrikaans. Ich gehe schwimmen, hole mir den ersten Sonnenbrand und wir essen leckeres Wildfleisch. So etwas kenne ich nicht aus Deutschland. Ich muss keine Hausarbeiten erledigen, da es hier Angestellte für alles gibt. Ich freue mich auf die Zukunft in diesem Land und bin jetzt überzeugt, alles richtig gemacht zu haben. Jandré hat einen eigenen Jeep. Der ist schon etwas älter, relativ gut erhalten. Wir fahren nach drei Tagen von der Stadt auf die Farm seiner Eltern. Sie sollten endlich die neue Schwiegertochter kennenlernen. Die Landschaft auf dem Weg dorthin verändert sich radikal. Schlagartig bremst mein Ehemann und vor uns kommt ein Elefant aus dem Busch. „Wow Jandré!", rufe ich aus. „Psst", macht er. Das Tier wandert geräuschlos über die Straße und verschwindet genauso leise wieder in den Busch. Der Wind weht um meine Haare und die Hand meines Mannes liegt auf meinem Bauch. Ich bin nur glücklich.

Nach vier Stunden Fahrt öffne ich das erste Tor am Zaun. „Das ist der Job des Beifahrers", lacht Jandré, als er meinen Gesichtsausdruck sieht. Wir passieren noch fünf weitere Tore und die Hitze empfinge ich langsam als unerträglich. Wir fahren auf die Farm meiner Schwiegereltern zu und ich erschrecke mich. Das Haus sieht eher aus wie eine Holzbaracke! Vor der Terrasse liegt das Geländer abgebrochen auf dem Boden. Es rennen ein paar Hühner durch den Garten, zumindestens sieht es aus wie ein Garten. Ein humpelnder Hund kommt bellend auf uns zu. Ein sehr alt aussehender Mann steht auf der Holztreppe und winkt uns zu. „Das ist mein Vater. Nenne ihn nur Pa. Das ist hier die respektvolle Anrede", erklärt mir mein Mann. Wir steigen aus und mein Schwiegervater nimmt mich in den Arm. Er riecht nach Pfeife und Schweiß. Ich halte kurz die Luft an, da der Geruch in der Nase unangenehm ist. Der Hund heißt Sally, wedelt mit der Rute, kommt Jandré aber nicht zu nahe. Ein komisches Verhalten, überlege ich mir und versuche, das Tier zu ignorieren. Wir laufen über die Terrasse in das Haus hinein. Die Stufen knarren und aus dem Haus kommt uns ein eigenartiger Geruch entgegen. Mich schüttelt es angewidert. Eine kleine zierliche Frau steht in der Küche. „Jandré mein Sohn! Endlich bist du zurück." Sie nimmt ihn fest in die Arme und kommt als Nächstes auf mich zu. Sie bleibt direkt vor mir stehen und mustert mich von oben bis unten. „Hallo Kind, an dir ist ja nichts dran." Ich verstand nicht alles, was sie sagt, aber Jandré lacht und meint „Ma, schau dich mal an." Wir setzen uns an den kleinen runden Tisch in der Küche und bekommen kaltes Brunnenwasser zu trinken. Eine Schale mit Maisbrei mit einer nicht definierbaren braunen Soße steht vor mir. Ich probiere das Zeug und würge es höflichkeitshalber herunter. Ich kann an dem gemeinsamen Gespräch nicht teilnehmen, weil seine Eltern mit einem Akzent sprechen. Ich verstehe mal das eine oder andere Wort und das Zuhören ist für mich anstrengend. Bei Sonnenuntergang geht Jandré mit seinem Vater auf die Terrasse und sie trinken den Whiskey, den wir mitgebracht haben. Ich sitze in diesem stickigen

Haus und versuche, eine Unterhaltung mit meiner neuen Ma zu führen. Irgendwie bekomme ich mit, dass Jandré ihr viertes Kind ist. Die anderen hatte sie hier auf der Farm verloren. Es gibt hier keine Ärzte in der Umgebung und sie hatte bei den ersten beiden Kindern eine Fehlgeburt. Bei der Geburt von Jandré hatte die Buschmannfrau geholfen mit Kräutern und selbstgemachten Ölen. Was mit dem anderen Kind passiert ist, verstehe ich nicht. Mich schaudert es und ich überlege, wie ich am besten ins Bett mich verabschieden konnte. Ich täusche Müdigkeit vor und durch die Schwangerschaft hat seine Mutter Verständnis dafür. Wir schlafen in dem alten Kinderzimmer meines Ehemannes. Es gibt noch ein weiteres Schlafzimmer, ein Badezimmer und das Wohnzimmer mit der Küche. Im Wohnzimmer steht ein kleiner offener Kamin mit zwei abgenutzten Sesseln in Rot mit Blümchen und einer gehäkelten Decke. In der Küche stehen nur ein Herd und eine Spüle und in der Mitte der Tisch mit vier Stühlen. Hier würde ich nie leben wollen! Ich fühle mich hier nicht wohl und überlege, wie ich die zwei Tage hier überstehe. Das Bett in unserem Schlafzimmer ist furchtbar und es quietscht bei jeder Bewegung. Ich bin gerade eingeschlafen, als Jandré reinkommt. Er riecht nach Whiskey und schwankt leicht. Er zieht sich aus und kriecht nackt ins Bett. Nicht jetzt, denke ich und drehe mich weg. „Komm Süße, zier dich nicht so und mach mich glücklich," sagt er auf Deutsch. Er nimmt meinen Kopf und drückt meinen Mund auf sein Glied. Ich muss fast spucken, aber ich mache das, was er von mir erwartet. Bei jeder Bewegung quietscht das Bett und Jandré stöhnt, als er kommt. Danach legt er sich auf die Seite und kaum eine Minute später schnarcht er. Ich spucke das Zeug in meine Bluse, die neben dem Bett liegt. Das werde ich morgen auswaschen. Hier muss ich schnell weg. Niemals will ich auf so einer Farm leben – niemals!

Wahrheit

„Guten Morgen Papa. Du bist schon auf?", rufe ich vergnügt, als ich in die Küche komme. Wie angewurzelt bleibe ich in der Küchentür stehen. Der Kaffee läuft nicht in die Kaffeekanne, sondern direkt auf den Küchenboden. Ich springe förmlich zu der Maschine und drücke den Ausschalter. „Oh nein nicht schon wieder", kommt es mir von den Lippen. Er war doch gestern noch so gut drauf! „Jule alles gut bei dir?", kommt es von hinten. Ich drehe mich um. „Ach herrje, was habe ich denn gemacht?", lacht mein Vater. Mir fällt ein Stein vom Herzen. „Du hast die Kanne nicht darunter gestellt", lache ich mit und stelle die Kaffeemaschine erneut an. Ich wische den Fußboden sauber und mein Vater hält mir eine Tüte mit frischen Brötchen unter die Nase. „Heute gibt es mal ein anständiges Frühstück und im Anschluss bringe ich das Auto in die Werkstatt." Ich strahle ihn an. „Ähm, wie bist du denn aus der Haustür gekommen?", frage ich ihn, weil ich doch den Schlüssel versteckt hatte. „Na ganz leicht. Ich habe die Tür mit dem Schlüssel aufgeschlossen." Ich sehe ihn fragend an. „Ach Jule, als ihr klein wart, haben wir den Schlüssel auch oben über die Tür hingelegt, damit ihr nicht auf die Straße lauft", lacht er weiter. „Ah okay", mehr fiel mir nicht dazu ein. Er ist wieder in unserer Welt. Ich gehe auf ihn zu und nehme ihn fest in die Arme. Glücklich sitzen wir zusammen am Tisch. „Julchen, wie ist es so auf der Farm jetzt? Hat sich einiges geändert, seitdem wir wieder weg sind?" Ich fange an, von unserem Leben und den Kindern zu erzählen. Wir frühstücken viel zu lange, aber es ist uns egal.

„Papa, warum habt ihr mich all die Jahre belogen?", platzt es aus mir heraus. Er sieht mich nachdenklich an. „Jule, wir haben dich nicht belogen. Wir haben dir nur nicht alles gesagt. Wir wollten nicht, dass du dir Sorgen machst. Du lebst so weit weg und hättest nichts tun können." Ich fühle mich ausgeschlossen. „Warum habe ich kein Recht zu erfahren, was hier los ist? Wieso kenne ich nicht die ganze Geschichte von meiner Mutter?", antworte ich ihm trotzig. „Deine Mutter wollte es nicht. Irmgard und ich mussten schwören, dass wir es nie jemandem erzählen." Dabei kreuzt er seine beiden Finger. „Aber warum? Es ist doch ihre Vergangenheit!" Endlich bekomme ich Antworten. „Genau deswegen. Sie hat sich geschämt. Bis eines Tages Wilhelm an der Tür stand, genau an unserem Hochzeitstag, wo wir alle hier zusammengesessen haben." Mein Vater schaut mir bei dieser Aussage in die Augen. „Welcher Wilhelm?", frage ich erstaunt. „Dein Halbbruder." Ich schaue meinen Vater mit großen Augen an. Welcher Halbbruder! Was ist jetzt schon wieder los? „Wilhelms Vater war gestorben. Der Mann, der deine Mutter mit nach Südafrika genommen hatte. Deine Mutter hatte keinen Kontakt mehr zu ihrem ersten Kind. Ihr Ex-Mann hatte es verhindert. Sie hatte bei ihrer Freundin Marana eine Notiz hinterlassen, falls Charl Wilhelm sich eines Tages bei ihr meldet. Er hatte sie aufgesucht und wusste nur, dass seine Mutter hier in Bremen lebt. Er stieg in das nächste Flugzeug und suchte nach ihr. Er fand sie schließlich und stand hier vor unserer Tür. Somit auch die ganze Vergangenheit." Mein Vater schnauft leicht. Ich war einfach nur sprachlos. Ich hatte einen Bruder aus Südafrika! Es war alles so unglaublich. „Papa! Was ist dann passiert?"

Helles Land

Alleine sitze ich hier am Flughafen in Frankfurt und warte auf meinen Weiterflug nach Bremen. Und wie geht es weiter? Was mache ich, wenn ich in Bremen aussteige? Wo soll ich anfangen, nach meiner Mutter zu suchen? Tausende Gedanken kreisen in meinem Kopf. Ich habe keine Ahnung, wohin ich gehen könnte und die Sprache hier verstehe ich nicht mehr. Die Menschen eilen an mir vorbei und sie sehen aus wie Gespenster. Alle so blass und entnervt. Eine junge Frau setzt sich neben mich. Blonde lange Haare und bezaubernd. So etwas hatte ich noch nicht gesehen. Ich starre sie an. „Hey, was glotzt du so dämlich!", giftet sie mich an. Ich verstand nicht, was sie zu mir sagt und lächel zurück. „Oh man, hör echt auf mit diesem dämlichen Grinsen!" Ich glaube, sie ist sauer auf mich. Ich sollte etwas zu ihr sagen. „Oh sorry about that." Sie schaut mich an. „Du kommst nicht von hier?", höre ich sie in Englisch reden. Endlich spricht sie in einer Sprache, die ich verstehe. „Nein, ich bin das erste Mal in Deutschland." Ich hatte Englisch auf der Schule und dafür reicht es hoffentlich. „Was machst du hier? Besuchst du jemanden?" Sie ist auf einmal freundlich. „Ja… ähm nein", lache ich. „Hääää was nun? Du fliegst doch auch nach Bremen." Sie lässt nicht locker. „Ich suche meine Mutter." Mir fällt das englische Wort für leibliche Mutter nicht ein. „Deine Mutter! Wieso weißt du nicht, wo sie ist?" Sie ist ganz schön neugierig. Bin ich schon bereit, jemanden meine Geschichte zu erzählen? Nein, ich bin es nicht. „Ich habe sie seit meiner Geburt nicht mehr

gesehen und jetzt bin ich hier, um sie zu suchen."
Mehr gibt es nicht dazu zu sagen. Diese
bildhübsche junge Frau sieht mich an. „Weißt du,
wo du suchen musst?" Ich blicke in ihre grünen
Augen. Einfach perfekt schön. „Nein." Das ist
alles. „Okay, vielleicht kann ich dir helfen? Mein
Vater arbeitet bei der Stadtgemeinde in Bremen. Er
kennt bestimmt jemanden, der dir helfen kann." Sie
lächelt und ihre weißen Zähne strahlen mich an.
„Danke!", und ich werde rot. Ich spüre die Hitze in
meinem Kopf. „Wo wohnst du in Bremen?", fragt
sie mich. „Das weiß ich auch noch nicht." Sie lacht.
„Du kommst den weiten Weg hierher und hast
keine Ahnung wohin? Ich nehme dich erst einmal
mit in unsere WG. Übrigens, ich bin Sandra", und
sie hält mir ihre Hand hin. „Ich bin Charl" und
gebe ihr meine Hand. Somit ist der erste Schritt in
meine neue Welt besiegelt.

Wir fahren von dem Hans-Koschnik-Flughafen aus
mit einer Bahn auf Schienen in einen Stadtteil, den
Sandra Neustadt nennt. So viele hohe Häuser
standen hier! Ich staune nur. Was bei uns die
Häuser breit sind, wachsen sie hier in die Höhe.
Sandra steht auf und stößt mich an. „Komm schon,

wir steigen hier gleich aus." Vor einem dieser hohen Häuser holt Sandra ihren Schlüssel raus. Ich sehe nach oben. Dunkle Wolken ziehen über uns hinweg und als ich mich umdrehe, sehe ich auch nur Häuser und dunkle Wolken. Kein Vogel ist zu sehen und der Wind bläst kalt. „Komm schon herein Charl. Das wird gleich regnen." Ja Regen. Das ist ein Wunder. Bei uns auf der Farm hat es so selten geregnet. „Charl komm schon!" Sandras Stimme dringt laut in seine Ohren. Ich gehe in den Hauseingang und sehe die vielen Treppenstufen. Sandra ist schon eine Etage hoch und ich renne ihr hinterher. Zweite Etage, dritte Etage. Das nimmt alles kein Ende hier. Es ist dunkel und es riecht so komisch im Treppenhaus. Sie sperrt eine Tür auf und dahinter liegt eine einzelne Wohnung mit einigen Zimmern. „Ich denke, du kannst dich hier erst einmal aufhalten. Tom ist für drei Monate im Ausland und sein Zimmer steht leer." Ein Typ guckt um die Ecke. „Hey Sandra, wen hast du denn da angeschleppt?" „Hi Andre, das ist Charl aus Südafrika und den habe ich in Frankfurt am Flughafen kennengelernt. Er sucht seine Mutter und ich dachte, er kann hier ein paar Tage wohnen." „Klar, wenn er sich an den Kosten beteiligt" kommt es aus der Küche. „Ja, Chris das macht er", lacht sie. „Hier wohne ich mit den anderen zusammen", erklärt sie mir. Mit so vielen Männern! Ich schaue verlegen und Sandra fängt wieder an zu lachen. „Nein, nicht was du denkst! Wir teilen uns diese Wohnung hier, weil wir studieren und nicht genug Geld haben für eine eigene Wohnung. Das nennt man hier Wohngemeinschaft kurz WG." Ich verstehe zwar nichts, war aber froh darüber, dass ich hier ein paar Menschen um mich habe, die mir vielleicht helfen konnten, meine Mutter zu finden. Ich sehe durch das Fenster nach draußen und es fallen dicke fette Regentropfen vom Himmel. Ich bin froh, ein Dach über den Kopf zu haben.

Anderes Land

Jetzt bin ich schon 8 Tage bei Sandra in ihrer WG und komme nicht weiter. Keiner will mir Auskunft geben und einen Anwalt kann ich mir hier nicht leisten. Ich lerne schnell, dass die Preise hier viel höher sind, als bei uns in Südafrika. Mein südafrikanischer Rand war hier in Deutschland nicht viel wert. Ich hatte mir extra in einem Secondhandgeschäft ein weißes Hemd und eine schwarze Hose gekauft, damit ich seriöser aussehe, wie Sandra zu sagen pflegt. Darauf hat sie bestanden. Sandra…. Eine ungewöhnliche Frau, die ich sofort geheiratet hätte, wäre da nicht ihr Besserwessi. So nennen die anderen Männer hier in der WG den großen und dünnen Kerl, der sich immer bei Sandra rumtreibt. Ich hatte keine Ahnung, was das heißen soll und deshalb halte ich mich mit diesen Aussagen zurück. „Sagt mal Jungs, was macht ihr so heute Abend?", fragt Sandra, als sie in die Küche kommt. Chris schaut sie an. „Keine Ahnung. Warum?" „Na ja, mein Süßer kommt heute Abend und vielleicht können wir etwas zusammenspielen?" Da kam Andre gerade in die Küche. „Chris hast du vergessen, dass wir heute ins Filou wollten?", fragt er mit verräterischer Miene. „Ach ja, stimmt. Hatte ich gerade nicht auf dem Schirm", lacht er. „Charl hast du nicht Lust, mitzukommen? Du brauchst mal etwas Abwechslung bei diesem ganzen Behördenkack." Ich schaue alle fragend an. „Ach, das Filou ist eine Diskothek hier in der City. Dort sind die Leute, die meinen etwas Besseres zu sein. Wir schnuppern schon mal die Luft, denn wenn wir fertig studiert haben, sind wir auch etwas Besseres", und er fängt an zu lachen. Chris stimmt mit ein. „Na toll, dann bin ich mit meinem Freund heute alleine?", fragt Sandra. „Hey, da geht was. Dann kannst du mit deinem Besserwessi mal so richtig einen drauf machen." Chris und Andre bekommen sich vor Lachen nicht wieder ein. „Also Charl, lange Hose und Hemd und die Frauen werden dir zu Füßen liegen, bei diesem Aussehen." Chris blinzelt geheimnisvoll und Sandra läuft beleidigt in ihr Zimmer. Ich kann die anderen beiden verstehen, denn auch ich finde den Besserwessi etwas komisch. Dieser Typ weiß auf alles eine Antwort und erzählt seine eigenen Geschichten dazu. Er hört nie auf zu brabbeln. Was findet Sandra bloß an diesem Kerl?

Wir sitzen zusammen in der Küche und „glühen vor". Ich hatte es erst nicht verstanden, aber jetzt weiß ich, was die Jungs meinen. In der Disko sind die Getränke zu teuer für Studenten und arme Afrikaner, erklärt mir Chris und grölt gleich wieder los. Wir haben einige Bier getrunken und gehen

159

leicht angedudelt ins Filou. Der Türsteher schaut uns mit finsterem Blick von oben bis unten an, lässt uns aber hinein. Der Eintritt mit 10 Euro ist schon happig. Wir laufen die Treppen hinunter und es wird dunkel. Eine kleine Tanzfläche liegt direkt in der Mitte der Diskothek und wird von zwei Tresen umgeben. Ein weiblicher Discjockey legt CDs auf. Ich bin schon erstaunt, was hier in Deutschland alles möglich ist. Direkt in der Mitte der Tanzfläche tanzt eine sexy junge Frau. Nicht annähernd so gutaussehend wie Sandra, aber heiß in ihren engen Klamotten. Ich beobachte sie eine ganze Weile und stelle fest, sie ist genauso angetrunken wie ich. Ich hatte bei meinem Vater gelernt, nichts anbrennen zu lassen, und das tat ich auch nicht. Chris und Andre staunen nicht schlecht, als ich die Tanzfläche betrete. Ich nehme den gleichen Rhythmus auf, wie die junge Frau. Wir tanzen kurze Zeit später eng aneinander und ich rieche ihr Parfüm. Süßlich und anziehend wie eine Biene, zu ihrer Blume. Ich ziehe sie an mich und spüre meine Erregung. Später stehen wir draußen vor der Tür und knutschen wie wild herum. Ihre Freundin kommt heraus. „Hi Fanny, können wir dich alleine lassen oder möchtest du mit uns fahren?", fragt sie mit ernstem

Blick. „Alles bestens bei mir und lieben Dank, aber ich denke, ich werde diesen süßen Typen heute mit nach Hause nehmen", und sie sieht mich erregt an. „Viel Spaß!", und weg sind ihre Leute. Ich lasse mich auf ihr Spiel ein und Fanny winkt ein Taxi heran. Wir fahren in eine exklusivere Gegend. Die Häuser werden kleiner und die Gärten größer. Schicke Autos stehen auf den Einfahrten Vor einem drei Parteienhaus bleibt das Taxi stehen. Fanny zieht mich an den Händen aus dem Taxi und wir gehen in das Haus. Die Wohnung von ihr ist exklusiv eingerichtet und das beeindruckt mich. Es dauert nicht lange und wir liegen zusammen in ihrem himmlischen Bett mit weißen Schals an den Seiten. Der Sex mit ihr ist heiß, aber nicht perfekt und ich beschließe noch in der Nacht, früh morgens das Haus zu verlassen. Ich weiß zwar nicht, wo ich bin, aber so groß ist diese Stadt nicht. Es wird hell draußen und Fanny schläft tief und fest, als ich mich leise anziehe und mich heraus schleiche. Vor dem Haus steht ein kleiner roter Sportflitzer und ich denke mir so, das passt zu Fanny. Ich laufe los und sehe einen Bus um die Ecke kommen. Schnell renne ich zur Haltestelle und erwische den Bus gerade so. Das hatte ich hier gelernt, dass der Bus nicht wartet. „Hi, ich weiß gar nicht, wo ich bin? Wie komme ich in die Neustadt?" Der Busfahrer grinst. „Junge, setze dich hin. Du bist hier in Schwachhausen und ich fahre dich zum Hauptbahnhof. Dort steigst du um in die Linie 26. Die fährt dich direkt in die Neustadt." Erleichtert setze ich mich hin. Es war eine wilde Nacht, aber das Gesicht von Sandra hatte ich vor mir. Ich nehme mir vor, das wird die Frau sein, die ich eines Tages heiraten werde.

50 Jahren zuvor

Ich wohne mit Jandré in einem entzückenden kleinen Haus fast neben meiner neuen Freundin Marana. Unser Haus ist nicht so groß, aber wir haben einen kleinen Pool, wo ich mich hochschwanger abkühle. Das Haus hat Jandré vom Militär zur Verfügung gestellt bekommen. Ich fühle mich hier wohl und ich sehe Marana fast täglich. Mein Afrikaans verbessert sich und ich spreche fast fließend. Ich genieße mein Leben und bin über meine Entscheidung, Deutschland verlassen zu haben froh, obwohl ich viel an meine Eltern und meine Schwester denke.

Jandré sehe ich immer weniger, seit ich hochschwanger bin. Ich habe das Gefühl, er geht mir aus dem Weg. Ich hoffe, dass dieser Zustand wieder vorbei ist, wenn das Baby erst einmal da ist.

Als die Wehen einsetzen, ist es Marana, die mich ins Krankenhaus fährt und die ganze Zeit an meiner Seite steht. Ich sehe meinen Sohn an und habe mich sofort in ihn verliebt. Die etwas dunklere Haut von seinem Vater macht ihn zu etwas Besonderem.

Jandré veränderte sich noch mehr mit der Geburt unseres Sohnes. Er wird mir gegenüber aggressiver. Eines Abends kommt er nach Hause und riecht schon vom Weiten nach Whiskey. „Ich bin aus dem südafrikanischen Heer unehrenhaft entlassen worden," sagt er mir lallend ins Gesicht. „Wie, du bist entlassen worden?" Ich starre ihn an. „Ich habe einen Mann halb tot geschlagen heute Morgen, weil er mich beleidigt hatte. Daraufhin musste ich meine Sachen packen. Ich komme auch vor das Militärgericht." Er torkelt zum Schrank und schenkt sich einen weiteren Whiskey ein. „Und was unternehmen wir jetzt? Wie willst du uns ernähren in diesem Land ohne Arbeit!" Ich bin total verwirrt. Was erzählt er mir da. Das kann doch nicht so hoffnungslos sein. „Hör zu du alte Ziege! Ich bin entlassen worden und dein Gemecker interessiert mich jetzt nicht! Halt einfach die Klappe." Genau in diesem Moment fängt Charl zu weinen an. Ich nenne ihn Wilhelm, nach meinem Vater, aber das geht nicht in Gegenwart von Jandré. „Kümmere dich gefälligst um diesen Schreihals. Dieser Nichtsnutz kostet uns nur Geld!" Er schenkt sich erneut einen Whisky ein. Ich gehe schnell zu meinem Jungen und wiege ihn zärtlich hin und her. „Frau komm her! Ich muss meinen Druck abbauen!", schreit Jandré durch das Haus. Oh nein, bitte nicht jetzt! Soll er sich doch woanders austoben! Jandré kommt in das Kinderzimmer und schmeißt sein Glas gegen die Wand. Er zieht mich an den Haaren hinter sich her. Ich lege rechtzeitig das Kind auf den Fußboden, als er zuschlägt. Nicht nur einmal, sondern wieder und wieder. Ich habe das Gefühl, er hat Freude daran. Ich schreie und bettel, dass er das sein lässt, aber er hört nicht auf. Er reißt mir mein Kleid vom Körper und dringt in mich ein. Ich muss würgen und konzentriere mich darauf, nicht zu spucken. Ich denke nur an mein

Kind und lasse alles über mich ergehen. Ich höre sein Stöhnen und weiß, jetzt ist es vorbei. Er keucht, als er sich erhebt. „Zieh dich an du Hure", sagt er nur. Er nimmt den Schlüssel von seinem Jeep und fährt weg.

Die Pechsträhne hält weiterhin an. Zwei Tage später ist Jandré noch immer betrunken. Die Polizei fährt vor und ich hoffe, dass sie ihn mitnehmen. „Frau van der Merwe? Wir möchten mit ihrem Mann sprechen." Jandré kommt schwankend zum Eingang. „Ja, wer will was von mir?", lallt er sich einen zurecht. „Herr van der Merwe? Ich habe eine schlechte Nachricht für sie. Ihre Eltern sind letzte Nacht erschossen auf der Farm aufgefunden worden." Ich verstehe den Polizisten nicht. Er spricht ein schnelles Afrikaans mit Akzent. „Waaaasss!" Jandré dreht völlig durch. Er rennt ins Haus und wirft seine Whiskyflasche an die Wand. „Sollen wir bei Ihnen bleiben Frau Van der Merwe?", fragt mich der Größere von den beiden. „Nein, nein, lassen sie mal. Ich komme damit schon klar." Warum sage ich das? Ich weiß doch nicht, was als Nächstes kommt! Jandré stürmt an mir und den Polizisten vorbei und verschwindet.

Wir haben etwas Geld hier liegen und ich konnte zur Not mich und mein Kind ernähren. Die Polizisten fahren wieder weg und bin ich alleine. Die ganze Nacht ist es still und das Kind schläft neben mir im Bett. Ich hoffe so, dass Jandré nicht nach Hause kommt. Ich überlege, wie ich hier wegkomme. Warum war ich nur so naiv! Warum habe ich mich dazu überreden lassen, in dieses mir völlig unbekannte Land zu gehen. Ich bin hier total verloren. Marana ist zu meiner besten Freundin geworden, aber sie kann mir nicht helfen. Ich habe keine Ahnung, wie mein Leben weitergeht. Ich sehe meinen kleinen Engel an. Ohne Kind wäre es jetzt leichter. Ich hätte keinesfalls meine Familie verlassen dürfen. Nun ist es zu spät und ich erahne, dass dies erst der Anfang ist.

Nach zwei Wochen höre ich Jandré mitten in der Nacht ins Haus kommen. Er ist schon wieder betrunken „Beth! Beth! Komm sofort her!", schreit er durch das ganze Haus. Ich stehe schnell auf, damit der Kleine nicht wach wird „Da ist ja meine Frau! Packe sofort deine Sachen und nimm das Kind. In diesem Haus dürfen wir nicht mehr wohnen, das gehört dem Militär. Wir fahren bei

Sonnenaufgang auf die Farm. Wir werden ab sofort dort leben." Dabei nimmt er einen weiteren Schluck aus der Flasche Whiskey. „Jandré bitte! Bitte nicht auf die Farm. Jandré ich kann dort nicht leben." Tränen rollen über mein Gesicht. „Hör auf zu heulen" und zack hatte ich eine Ohrfeige. „Pack die Sachen!", schreit er mich an. „Wir drei fahren bei Sonnenaufgang und alles, was du nicht eingepackt hast, bleibt hier. Sogar das Kind", lacht er ekelhaft. Wenigstens fasst er mich nicht an. Ich stopfe alles, was ich für wichtig halte in ein paar Taschen. Ich hole den Pass aus dem Versteck hinter dem Kleiderschrank im Kinderzimmer und stecke ihn in meine Stricksachen. Da würde er das für mich wichtigste Dokument nicht vermuten. Ich nehme den schlafenden Wilhelm und setze ihn in das Auto. Als die Sonne aufgeht, sind wir auf dem Weg in Richtung Farm, von wo es kein zurück mehr gibt. Mein Leben ist am Ende und ich habe alles verloren. Meine Familie, meine Liebe. Nur mein Kind hält mich noch am Leben.

Die Farm sieht so aus, als sind meine Schwiegereltern hinter dem Haus im Garten. Es hat sich nichts geändert. Ein großer Blutfleck schimmert mitten im Eingangsbereich. Ich muss würgen, als ich das realisiere, was hier passiert war. Hier soll ich jetzt leben. „Jandré, was haben die Einbrecher mitgenommen?" Im Haus sieht alles so aus wie früher und ich verstehe nicht, warum man einen Menschen umbringt. „Nichts, einfach nichts! Meine Eltern hatten nichts. Was hätten sie schon mitnehmen sollen. Die Waffe meines Vaters fehlt. Damit wurden beide erschossen. Ich möchte nicht wissen, was sie erlebt haben in ihren letzten Minuten ihres Lebens. Ich habe sie letztes Wochenende mit einigen Nachbarn hinten auf dem kleinen Hügel beerdigt. Ich habe auch alle informiert, dass wir ab sofort hier auf der Farm sind. Die Nachbarn kommen am Wochenende vorbei und wir grillen zusammen." Er spricht mit mir wie früher. Er nimmt meine Hand und führt mich zum Hügel hinauf. Er kniet sich nieder und spricht ein Gebet. Ich falte meine Hände zusammen und schaue auf das herzlose Grab. Ein Kreuz aus zwei Holzlatten und ein paar Steine. Das ist alles. Ich werde mich die nächsten Tage darum kümmern. Es sind meine Schwiegereltern, die viel durchgemacht haben hier in dieser Einöde. Seine Mutter hatte mir doch erzählt, dass Jandré noch drei Geschwister hatte. Ich frage Jandré, was mit dem dritten Kind passiert ist. „Meine Schwester ist mit 5 Jahren in den Brunnen gefallen. Bis man sie gefunden hatte, war sie tot", erzählt er mir. Ich werde keine weiteren Kinder hier bekommen. Das steht für mich fest. Wir laufen zurück ins Haus. Wilhelm steht in seinem Bettchen. Jandré, nimmt den Kleinen heraus und setzt ihn auf den Sandboden vor dem Haus. „Hier ist es ein Paradies für Kinder. Wir machen einfach noch welche?", und er sieht mich dabei lüstern an. Ich weiß, ich habe keine andere Wahl und er würde mich heute Nacht bestimmt einreiten, wie er es ausdrückte, wenn wir neu eingezogen sind. Waren alle Männer so schrecklich? Ich hatte von meinen Eltern nie etwas gehört, wenn sie in ihrem Schlafzimmer waren. Mein Vater muss leise gewesen sein.

Derweil er die Sachen hereinbringt, schrubbe ich den Fußboden. Es ist heiß und alles klebt an mir. Überall um mich herum sind Fliegen. Und dieser Geruch von getrocknetem Blut lässt meine Adern gefrieren. Ich nehme mir vor, die nächsten Wochen alles hier auf Vordermann zu bringen.

Mein Ehemann ist wie verändert an diesem Tag und ich erinnere mich daran, warum ich mich in ihn verliebte. Wir sitzen am Abend zusammen bei Kerzenlicht, aber nur weil wir keinen Strom haben. „Danke mein Sweet Girl, dass du das alles mit mir durchstehst", sagt er unvermittelt. Ich sehe ihn an. Wenn er nur dauernd so nett wäre, würde ich ihn bis an mein Lebensende lieben. Leider ist er ein Ungeheuer. Aber ich lass mich wieder auf ihn ein und er ist seit langer Zeit wieder zärtlich. Ich genieße es einen Moment lang und schlafe in seinem Arm ein. Am frühen Morgen schreit Wilhelm und ich stehe leise auf, um Jandré nicht zu wecken. Ich koche einen Maisbrei und fange an, den Kleinen zu füttern, als Jandré aus dem Schlafzimmer kommt. „Was soll der Mist hier? Warum hast du mich so lange schlafen lassen? Wir haben doch gestern ganz klar über unsere Aufgaben gesprochen!" Er ist wieder das Ungeheuer. Ich zucke, als er mir beim Vorbeigehen auf den Kopf haut. Wilhelm fängt sofort an zu weinen. „Bringe bloß dieses Kind von mir weg. Das ist doch kein Junge!" Ich schnappe den Kleinen und gehe mit ihm raus. Die Luft ist kühl und ich sehe zwei Zebras hinten am Gartenzaun stehen. Sie fressen genüsslich das wenige Grün, was noch da ist. Jandré kommt heraus und schießt auf eines der beiden. Ich erschrecke mich und Wilhelm fängt gleich wieder mit dem Weinen an. Das Zebra fällt um und zuckt kurz, als es am Boden liegt. „Das ist ja ein Glück. Jetzt haben wir genug Fleisch für die nächsten Wochen", freut er sich. Mir wird wieder übel. „Komm, hilf mir Beth. Das Zebra muss zerlegt werden und du musst es verarbeiten." Ich hatte noch nie ein Tier verarbeitet! Ich kann nur Kartoffeln ernten.

Auf der Farm gibt es eine Kühlkammer und dort schleppen wir das ganze Tier hin. Das Zebra ist so schwer und mit Wilhelm am Rockzipfel ist das nicht so einfach. „Wir holen uns eine Kinderfrau auf die Farm", meint Jandré. „So geht das nicht. Der Kleine braucht etwas Abstand zu dir. Charl kann so nicht zu einem richtigen Mann werden, wenn du ihn so verziehst." Damit ist die Entscheidung getroffen. Als Wilhelm sein Mittagsschläfchen hält, geht Jandré mit mir wieder in die Kühlkammer. Er zeigt mir, wie ich ein Zebra zerlege. Mir wird übel und ich muss erneut würgen. Überall fließt das Blut aus dem Tier. Ich kann das nicht! Ich reiße mich dennoch zusammen und hoffe, dass dies mein erstes und letztes Tier sein wird.

Die Tage auf einer Farm sind hart und anstrengend. Ich liege völlig ausgelaugt mit Muskelkater im Bett und habe Unterleibsschmerzen. Meine Tage sind überfällig und ich habe Angst, dass ich wieder schwanger bin. Noch ein Kind ist nicht möglich mit diesem Mann! Als Jandré am nächsten Tag auf der Farm unterwegs ist, nehme ich mir einen schmalen feinen Haken und steche ein paar Mal von unten in meinen Unterleib. Ich weiß nicht, was ich sonst tun kann, um dieses Kind zu verlieren. Der Schmerz ist unerträglich, aber alles ist besser als ein weiteres Kind hier im Nichts. Ich fange an zu bluten und ich stoße erneut zu. Ich schreie auf. Hier stimmt etwas nicht. Sehr viel Blut strömt aus meinem Körper und ich stehe verzweifelt in der Küche. Jandré ist wieder in Hörweite und vernimmt meinen Schrei. „Was ist los?", ruft er schon im Hauseingang. „Ich weiß es nicht. Ich blute kräftig und ich glaube, ich bin schwanger." Er wird aggressiv. „Hast du mein Kind umgebracht? Was hast du gemacht! Das kann doch wie aus dem Nichts so stark bluten! Dich werde ich im Leben nicht mehr anfassen!", und dabei spuckt er mir vor die Füße auf den Boden. „Na wenigstens etwas

Gutes hat die Sache", geistert es in mir. Die Schmerzen werden unerträglich und ich habe Angst, dass ich ohne medizinische Hilfe daran sterben werde und mein Kind alleine bei einem Ungeheuer zurücklasse. Das Bluten wird weniger, aber der Schmerz bleibt. Am nächsten Tag kommt eine Frau von der Nachbarsfarm. Ich habe sie noch nie vorher gesehen, aber sie hilft mir, etwas gegen die Schmerzen zu unternehmen. Sie macht mir ein Sitzbad, kocht dabei Wasser mit einer Pflanzenwurzel aus und es wird besser. Außerdem gibt sie mir ein paar trockene Blätter für einen Tee, den ich dreimal am Tag trinken sollte. Als sie wieder abgeholt wird, liege ich im Bett. Jandré kommt mit einem jungen schwarzen Mädchen an mein Bett. „Das ist Lulu. Sie ist jetzt die Kinderfrau", und während er das sagt, sehe ich seinen lüsternen Blick auf ihren jungen Körper.

Lulu stellt sich als Perle heraus. Als es mir wieder besser geht, hat sie den Haushalt schon im Griff und den kleinen Wilhelm. „Dir geht es wieder besser?", fragt mich Jandré und ich nicke ihm nur zu. Ich habe viel abgenommen und bestand nur noch aus Haut und Knochen. „Heute Abend schläfst du bei Charl. Ich habe in unserem Schlafzimmer andere Pläne. Ich muss mal wieder Spaß haben und mit dir läuft ja nichts mehr." Ich schlucke. Hat mein Ehemann mich aus dem Bett geworfen, um mit unserer Kinderfrau etwas anzufangen? „Aber Jandré, das geht nicht." „Halt den Mund du Nichtsnutz", schreit er zurück. Ich esse auch an diesem Tag nichts und als ich abends das Kind ins Bettchen bringe, höre ich die Tür zum Schlafzimmer sich schließen. Ein Lachen ertönt aus dem Raum. Die halbe Nacht höre ich das Gestöhne aus dem Nachbarzimmer. Obwohl er mich so miserabel behandelt, fühle ich die Wut und die Verzweiflung in mir. Ich sehe Lulu schon schwanger vor mir an unserem gemeinsamen Tisch sitzen. Ich fange an zu weinen und bereue wieder einmal mehr den Entschluss, meine Familie in Deutschland verlassen zu haben.

Am Morgen koche ich den Maisbrei für den Kleinen, als beide aus unserem Schlafzimmer herauskommen. Jandré haut Lulu lüstern auf ihren Hintern und haucht ein: „Bis später", über seine Lippen. Ich sehe ihn fragend an. „Was willst du? Ich hatte eine anstrengende Nacht und brauche jetzt erst mal einen schwarzen Kaffee." Dabei sieht er Lulu an, wie sie den Kleinen hochnimmt. „Dieses Mädchen ist der Hammer. Sie kann mich richtig verwöhnen. Nicht so wie du langweiliges Stück" und dabei sieht er mich provozierend an. „Jandré das geht nicht. Du kannst hier nicht..." Die Ohrfeige lässt meinen Kopf zurückfallen. Blut strömt aus meiner Oberlippe. Jandré fängt an zu lachen und läuft nach draußen. Lulu kommt mit einem Tuch vom Herd und tupft vorsichtig damit auf meiner Lippe. Ich zittere und denke das erste Mal daran, mich umzubringen.

Am Samstag, als unsere Nachbarn schon am Vormittag auf unsere Farm kommen, liegt das Zebra zerteilt in der Kühlkammer. Die Farmersfrauen haben leckere Salate und Brote dabei und die Männer holen Whisky und Bier hervor. Lulu kommt mit etwas Lehm ins Haus und streicht mir das vorsichtig auf die Lippe. So sieht man nicht gleich, dass die Lippe angeschwollen ist. Lulu ist eine aufmerksame junge Frau - im Bett meines Mannes. Ich gehe lächelnd nach draußen und begrüße unsere Gäste. Jandré benimmt sich vorbildlich. Er bringt das Fleisch und Lulu übernimmt den Haushalt. Die Nacht ist lang und am Morgen wird gleich der Farmgottesdienst bei uns abgehalten. Nach dem Gottesdienst essen wir die Reste vom Abend und alle verabschieden sich. Somit bin ich wieder alleine mit all meinen Sorgen.

Einmal im Monat fahren wir nach Kapstadt zum Einkaufen. Es ist das einzige Mal, dass ich unter Menschen komme. Wenn Jandré in die Bar geht, muss ich am Auto auf ihn warten und ich weiß, dass er dort nicht nur dem Whisky zuspricht. Das Auto steht in der Sonne und ich stehe direkt daneben und sehe mir die Menschen an. Hin und wieder fahren wir bei Marana vorbei, aber nur selten. Marana hatte das letzte Mal die Spuren an meinem Körper gesehen und hat mich erschrocken angesehen. Wir konnten aber nicht reden, weil unsere Männer in Hörweite saßen. Gestern Abend hatte er wieder zugeschlagen. Mir war eine Tasse beim Abwaschen aus der Hand gerutscht und in kleine Teile auf dem Boden zerbrochen. Ich hatte mich gebückt, um alles aufzusammeln. Statt mir zu helfen, hat Jandré auf meine Hand getreten, als ich ein Stück Porzellan einsammele. Das Stück schnitt mir in die Hand und das Blut tropfte auf den

Boden. Jandré zog mich an den Oberarmen hoch und schubste mich auf den Boden zurück. Die blauen Flecken sind heute eindeutig zu sehen.

Ich sehe ihn kommen, als ich am Auto stehe und warte. Der Fremde ist blass von der Hautfarbe und ich ahne schon, dass es ein Deutscher ist. Wie dieser Fremde an mir vorbeigeht und ihm ein „Guten Tag" herausrutscht, reagiere ich aus Reflex und antworte auf Deutsch. Er bleibt kurz stehen und ich flüstere nur leise „Bitte gehen Sie weiter." Eine Katastrophe wäre passiert, wenn Jandré das gesehen hätte. Ich sehe auf den Boden, damit niemand etwas erahnt. Der fremde Mann läuft weiter und ich atme erleichtert auf. Auf einmal steht er wieder hinter mir und steckt mir einen Zettel zu. Was soll das? Ich stecke das Stückchen Papier in meinen BH. Ich kann es nicht jetzt lesen, aber ich spüre seit Jahren wieder Hoffnung in mir.

Lichtblick

Mein Telefon klingelt über den Messenger. Hanna! Ich nehme schnell ab. „Hallo Hanna, wie geht es dir?", melde ich mich. „Oh Jule! Stell dir vor, ich habe für deinen Vater einen Platz bekommen!", kommt freudig aus dem Hörer. „Was, wie hast du das denn jetzt geschafft?", lache ich freudestrahlend. Mein Herz pocht vor Aufregung. „Du und deine Schwester möchten morgen Vormittag bei Frau Thiel erscheinen und die Unterlagen unterschreiben Bitte bringe noch die Dringlichkeitsbestätigung vom Hausarzt deines Vaters mit. Es klappt nicht sofort, aber in vier Monaten." „In vier Monaten! Ich danke dir so sehr Hanna!" „Das habe ich doch gerne gemacht. Vielleicht sehe ich dich morgen hier im Haus. Kopf hoch Jule", lacht Hanna und legt wieder auf. Vier Monate. Das ist realistisch. Was hatte Jonas letztens am Telefon gesagt? Ich könnte meinen Vater mitbringen für eine gewisse Zeit. Ich wähle aufgeregt die Nummer von Jonas und es klingelt.

„Hallo Schatz, ich freue mich, von dir zu hören", vernehme ich seine liebevolle Stimme. „Jonas! Du hast Netz?", frage ich ihn erstaunt. „Ja, ich bin gerade bei unserem Nachbarn und hier scheint alles zu funktionieren", lacht er. „Hast du kurz Zeit für mich?", frage ich ihn vorsichtig. „Ja klar. Was ist los Jule?" Ich erzähle ihm eine Zusammenfassung darüber, was hier so passiert ist. „Jonas, du sagtest doch, ich soll meinen Vater mitbringen. Was meinst du, wenn ich in vier Wochen mit ihm herkomme und er drei Monate bei uns bleibt? Im Anschluss kann er in das Seniorenheim." Gespannt warte ich auf seine Antwort. „Das ist doch eine nette Überbrückung und die Kinder würden sich sehr über ihren Opa freuen und weglaufen kann er hier ja eh nicht", lacht er. Endlich habe ich einen Lichtblick in meinem Leben. Er erzählt mir noch von den Kindern und ich laufe nach dem Telefonat zu meinem Vater. Er nimmt in diesem Moment den Autoschlüssel vom Schlüsselbrett. „Oh Papa, soll ich nicht mitfahren?" „Nein Jule lass mal. Das bekomme ich schon alleine hin. Ich bringe eben das Glas zum Container und fahre hinterher direkt weiter zur Werkstatt. Falls man mich anhält, kann ich ja einen auf verwirrt machen", feixt er. So liebe ich meinen Vater. Humorvoll und freundlich. „Okay und wie kommst du zurück?" „Die zwei Haltestellen kann ich mit der Straßenbahn fahren", zwinkert er mir zu und läuft die Treppe nach unten. Ich nehme mir vor, beim Arzt anzurufen, damit ich morgen alle Papiere beisammen habe. Ich wähle Fraukes Nummer. Es klingelt und ich werde weggedrückt. Na ja, wahrscheinlich ist sie in irgendeiner Sitzung und meldet sich später bei mir. Ich stelle die restlichen leeren Flaschen im Keller zusammen und fange an das Papier für die Abholung zusammen zu binden, als das Telefon klingelt. Ich renne nach oben und sehe eine unbekannte Nummer. „Jule Kramer" melde ich mich sicherheitshalber. „Hier ist Polizeiobermeister Schneider", ich erschrecke mich. „Wir haben ihren Mann hier bei uns sitzen", sagt der Polizist. „Ähm meinen Vater", stottere ich. „Halt ihren Vater. Könnten sie ihn bitte abholen?" „Was ist denn passiert?", ich werde nervös. „Ihr Vater stand an dem Glascontainer und konnte sich nicht mehr erinnern, was er dort wollte und sein Auto ist ja nicht fahrtauglich. Wir haben den Wagen abschleppen lassen." Oh nein! „Ja, ich komme sofort. Wo muss ich hin?" „Wir sitzen hier in

Hemelingen bei der Wache." „In Hemelingen! Was macht mein Vater dort? Er wollte doch nur das Auto hier in Hastedt zur Werkstatt bringen", sage ich zu mir, wie ich den Hörer wieder auflege. Damit habe ich eine lange Straßenbahnfahrt vor mir. Ich renne los, um die nächste Bahn zu erreichen, denn ich muss noch einmal in den Bus umsteigen. 45 Minuten später stehe ich vor der Wache. Ich nehme meinen deutlich verwirrten Vater mit, der erst nicht mitkommen will, weil doch der Kaffee so lecker schmeckt bei den netten Polizisten. Das Auto wird am nächsten Tag zur Werkstatt gebracht werden und ich beschließe, meinen Vater morgen mit in das Haus Hellen Blick mitzunehmen. Frauke hat sich noch nicht zurückgemeldet, nachdem sie mich wegdrückte. Als wir wieder zuhause sind, rufe ich sie erneut an. Ich werde abermals weggedrückt. Langsam werde ich sauer! Ich schreibe ihr eine Nachricht, dass wir morgen mit Papa zum Hellen Blick müssen. Jetzt muss sie sich doch endlich mal melden. Kurze Zeit später klingelt das Telefon. „Wieso müssen wir morgen zum Seniorenheim?", dröhnt ihre schrille Stimme mir entgegen. „Stell dir vor, wir haben einen Platz für Papa! In vier Monaten zieht er dort ein." „In vier Monaten erst! Bleibst du so lange hier und passt auf ihn auf?" Ihre Stimme klingt übellaunig. „Ja Frauke das mache ich, aber nicht hier. Ich nehme Papa mit auf die Farm und wenn er zurückkommt, bringst DU ihn ins Heim." Schweigen am anderen Ende. „Ach das machst du dir ja mal wieder leicht. Wer kümmert sich um das Haus? Es muss entrümpelt werden und verkauft," nimmt sie sofort wieder die negative Haltung auf. „Jetzt hör mal zu." Ich wollte blöde Kuh sagen, entschied mich aber dagegen. „Wir holen einen Entrümpler und das Haus geben wir an einen Makler. Ich bin jetzt noch vier Wochen hier und packe mit Papa die Sachen, die er mitnehmen kann. Mehr kann ich nicht tun. Die restlichen Kleinigkeiten kannst du mit unserem Stiefbruder übernehmen." So, jetzt ist es raus. „Das wird um keinen Preis mein Stiefbruder! Verschone mich damit. Ich bin morgen da und hole euch ab." Damit legt sie auf. Jetzt verstehe ich gar nichts mehr. Wieso wird das keineswegs ihr Stiefbruder sein? Was will sie mir damit sagen. Nicht noch irgendwelche Geheimnisse! Ich kann das nicht mehr. Was hat diese Familie noch alles vergessen, mir zu erzählen?

Frauke steht am nächsten Morgen pünktlich vor der Haustür. Unser Vater macht heute einen positiven Eindruck und ich habe versucht, ihn beim Frühstück auf die Situation vorzubereiten. Er grummelte irgendetwas vor sich her und nun wusste ich nicht, wie er in der Residenz reagieren wird. Die Sonne strahlt vom Himmel und ich sitze hinten eingeengt in diesem unbequemen Sportflitzer. Ich schaue aus dem Fenster und sehne mich nach Hause. Ich vermisse die grenzenlose Freiheit. Keine Häuser direkt vor der Nase, nur die unendliche Wildnis. Die Zebras, die am Zaun stehen und versuchen, das bisschen Grün aus dem Garten zu fressen. Die Affen, die auf dem Farmdach herum poltern und meinen, ihnen gehöre das alles hier und der Ruf des Windes, wenn er abends durch das Haus fegt. Ich bin versunken in meiner Welt, als jemand meinen Namen ruft. „Jule! Jule, nun komm schon." Wir sind angekommen vor dem Hellen Blick und mein Vater steht mit Frauke draußen am Auto. Ich quetsche mich hinten heraus und fluche, als ich mit der Schulter am Dachrahmen hängen bleibe. Wie kann man nur so ein Auto fahren! Wir klingeln am

Eingang vom Hellen Blick und die Tür öffnet sich sofort. Im Garten kommt mir schon Hanna entgegen. „Jule! Herzlich willkommen im Hellen Blick. Hallo Frauke und schön Sie kennenzulernen Herr Kramer. Lassen Sie alles auf sich wirken. Frau Thiel erwartet euch schon." Ich freue mich, Hanna wiederzusehen. Sie strahlt eine unglaubliche Gelassenheit aus und hätte sie mich nicht von ihrem Auto aus erkannt, wären wir heute nicht hier. „So schnell sieht man sich wieder", sagt Frau Thiel in ihrem Büro zu uns. „Hanna war aber auch wirklich anstrengend", lacht sie. „Ich glaube, ich kenne ihre ganze Lebensgeschichte Frau Langer." Ich höre zum ersten Mal meinen richtigen Familiennamen hier im Land. Ich muss lächeln. „Ist das gut oder schlecht", frage ich etwas nervös. „Ich habe einen Vertrag für ihren Vater vorbereitet", sagt Frau Thiel und legt uns den Neuvertrag vor. „Sag einmal, spinnt ihr hier alle! Ich gehe doch nicht in so ein Altenheim. Ich kann sehr gut auf mich selber aufpassen", schreit mein Vater auf einmal auf. „Papa!", brüllt Frauke ihn an. „Du kannst nicht mehr alleine auf dich aufpassen! Jule ist bald wieder weg und ich bin am Arbeiten. Es reicht mir langsam mit deinen

Ich-lauf-mal-eben-weg Geschichten. Reiß dich jetzt endlich zusammen und benimm dich wie ein Erwachsener." Wow, ich bin beeindruckt. Frauke spricht das aus, was wir alle denken. Mein Vater verstummt und fängt zu weinen an. Ich habe ihn noch nie weinen gesehen und springe auf. „Papa, es ist alles gut. Hier kümmern sie sich sehr gut um dich. Hanna ist auch hier und somit können wir miteinander über das Telefon quatschen. Du kannst leider nicht mehr alleine zuhause bleiben." Ich streichle über seinen Rücken. „Ich will nicht mehr leben ohne eure Mutter. Ich kann das nicht mehr", und er weint weiter. „Das ist eine normale Reaktion Herr Kramer", meint Frau Thiel. „Es beginnt ein neuer Lebensabschnitt und im Moment haben Sie das Gefühl, es wäre ihr letzter. Aber hier gibt es noch so viel zu erleben. Wir führen Ausflüge durch und gehen zusammen ins Theater. Sie haben ein freundliches Zimmer für sich alleine und es gibt noch mehr ältere Herrschaften hier. Möchten Sie sich einmal ihr Zimmer anschauen? Ich rufe Hanna aus und sie zeigt es Ihnen. Bleibt einer bitte von Ihnen in dieser Zeit hier und wir füllen den Vertrag aus. Haben Sie die Unterlagen vom Arzt dabei?" „Ja habe ich alles" und lege ihr die Dringlichkeitsbescheinigung auf den Tisch. „Wäre es für dich in Ordnung Frauke, wenn ich mit Papa einen Rundgang mache?" Ich sehe meine Schwester an. „Ja geht mal. Ich bleibe hier. Ich werde diese Unterkunft noch öfter sehen." Ich nehme meinen Vater an die Hand und gehe hinter Hanna her, die schon an der Tür wartet. Sie zeigt uns erst das Zimmer, da der jetzige Bewohner gerade beim Arzt ist. „Warum wird dieses Zimmer frei?", frage ich Hanna leise, damit mein Vater das nicht hört. „Er hat Krebs und wird über kurz oder lang in das Hospiz gebracht. Daraufhin wird hier alles neu gestrichen und dein Vater zieht ein." Ich schaue auf meinen Vater. Glücklich wirkt er nicht. Wir betreten einen neuen Trakt. Viele Türen grenzen an den Flur und wir laufen auf eine große Fensterfront zu. „Papa schau mal. Du guckst direkt in den Wald. Dann musst du keine Dokumentationen mehr angucken, sondern bist direkt dabei." Mein Vater reagiert nicht. „Die letzte Tür auf der rechten Seite wird Ihr neues Zuhause", sagt Hanna freundlich. Wir betreten den hellen Raum. „Das ist aber wirklich groß hier, Papa. Guck mal, da passt sogar dein Ohrensessel hin." Ich bin begeistert und öffne die Tür vom Badezimmer.

„Das Badezimmer ist groß genug. Es ist alles relativ neu." „Ja, dieser Trakt wurde erst vor zwei Jahren angebaut. Deshalb sind die Fenster so groß. Helligkeit ist das Wichtigste hier für uns. Kommt, ich zeige euch jetzt den Aufenthaltsraum." Wir laufen schweigend hinter Hanna her. Mein Vater sagt kein Wort. Der Aufenthaltsraum ist mit einem großen Fernseher ausgestattet. „Es ist möglich, hier mit den anderen Bewohnern zu sitzen oder lieber alleine im Zimmer. Hier gibt es abends Veranstaltungen, aber lasst uns mal nachsehen, was es heute zu essen gibt." Man merkt, wie sehr Hanna von diesem Haus überzeugt ist. Wir laufen ihr nach in eine Art Kantine. Eine Gruppe von Bewohnern sitzt dort und wird gefüttert! „Nein, nein", ruft mein Vater und dreht sich um und rennt raus. „Hanna, das war keine gute Idee." Ich sehe sie an. „Ja, aber das ist hier so. Dein Vater wird hier selber einmal so sitzen. Hier wird in Gruppen gegessen. Dein Vater kommt erst später zum Essen dazu." Sogar mir wird bei diesem Anblick mulmig. Ist mein Vater wirklich schon so weit? Hanna bringt mich wieder zurück ins Büro. Wir umarmen uns herzlich zum Abschied. „Wir sehen uns noch, bevor du abfliegst", winkt sie und ist weg. Frauke ist mit allem durch und hatte den Vertrag schon unterschrieben. „Ich habe das jetzt alles dingfest gemacht, damit nichts mehr dazwischenkommt. Ich bin der Ansprechpartner für die Residenz, da du ja nicht greifbar bist. Wenn das Haus verkauft ist benötige ich das Geld für die Einrichtung." „Ja, ja ich vertraue dir. Du hast damit ja am meisten zu tun." Ich schaue mich nach unserem Vater um. „Wo ist eigentlich Papa?", fragt sie. „Der ist rausgegangen, als er den Essensraum sah, wo einige gefüttert wurden." „Na toll! Das hat uns gerade noch gefehlt!" „Hier kommt keiner weg", erwidert Frau Thiel. Sie begleitet uns nach draußen und auf der Bank an der Bushaltestelle sitzt unser Vater und unterhält sich mit einer Frau. „Ihr Vater sitzt dort mit Frau Steinhaus. Sie ist erst seit kurzem hier und ist recht mobil. Ich weiß noch, wie die Kinder sie herbrachten. Das waren Szenen! Sie tobte vier Tage lang. Schließlich setzte die Demenz wieder ein und seitdem ist sie umgänglich. Es ist halt nicht so einfach, im Alter abgeschoben zu werden. So ist das Empfinden dieser Menschen, aber auch in Ihrem Fall, ist es die einzige Möglichkeit, um eine anständige Betreuung zu sichern." Das sind die richtigen Worte, wenn man sich miserabel fühlt.

„Papa, wir müssen jetzt gehen.", sage ich vorsichtig zu ihm. Unser Vater steht auf, verabschiedet sich von Frau Steinhaus und läuft mit hängendem Kopf hinter uns her. Im Auto dreht er sich zu uns um. „Ich weiß, ihr meint es gut mit mir, aber es ist für mich nicht so einfach. Ich vermisse eure Mutter und hatte mir mein Lebensende anders vorgestellt." Ich streichle ihm über die Schulter. „Papa, was meinst du? Hast du Lust, mit mir nach Namibia zu fliegen? Deine Enkelkinder werden sich wahnsinnig freuen. Alina kennst du noch gar nicht." Ich sehe ihn gespannt an. „Und was passiert hier mit dem Haus und meinen ganzen Sachen?", fragt er nachdenklich. „Hallo, bin ich auch noch da?", kommt es von der Fahrerseite. „Ich organisiere hier alles andere und du genießt die Zeit auf der Farm. Es wird dir guttun hier rauszukommen und weglaufen geht dort ja nicht", blinzelt Frauke ihm zu. Das war ja jetzt einfacher als gedacht. „Buche uns mal die Flüge. Solange ich noch klar denken kann, machen wir das so." Mein Vater, was bin ich stolz auf ihn. Er war so viel in der Welt unterwegs, dass dies für ihn nur ein neues kleines Abenteuer ist. Ich muss heute dringend mit Jonas sprechen. Es wendete sich doch alles zum Guten.

Frauke setzt uns zu Hause ab und fährt weiter zur Arbeit. Sie meint, dass sie zwei wichtige Meetings hat. Ob das stimmt, weiß ich nicht. Ich glaube eher, sie hat die Nase voll von uns.

Wir setzen uns an den Küchentisch und ich möchte mit meinem Vater noch einmal über die Situation reden. „Lass gut sein, Jule. Ich weiß ja selber, dass es so nicht weitergeht. Es ist halt der letzte Schritt, den ich alleine gehen werde und darüber muss ich mir erst klar werden." Tränen steigen ihm in die Augen. Ich lege meine Hand auf seinen Arm. Er hat ja Recht. Ich bin froh, dass er mit mir die restliche Zeit auf die Farm verbringt. Unsere letzte gemeinsame Zeit. Werde ich ihn danach noch einmal wiedersehen? Diesen Gedanken verdränge ich schnell. Ich logge mich ins Internet ein und buche unsere gemeinsamen Flüge. Nun ist das Zeitfenster gesetzt und wir können anfangen zu packen. „Papa? Darf ich dich etwas fragen?" Er schaute mich an. „Natürlich Julchen. Was würdest du gerne wissen?"

Glänzende Wahrheit

„Charl! Charl!" Aufgeregt kommt Sandra in die Wohnung. Ich hatte schon aufgegeben, meine Mutter zu finden, und stehe mit einem Becher Kaffee am Küchenfenster. Ich überlege, ob ich mir einen Rückflug nach Südafrika buche oder die deutsche Staatsbürgerschaft beantragen soll. Ich benötige dafür die Geburtsurkunde meiner Mutter und die habe ich leider nicht. Ich hatte mir das alles in Deutschland leichter vorgestellt, aber das ist es nicht. Dieser Behördenkram ist eine große Hürde, über die ich nicht hinwegkam. Mein Geld geht zur Neige und ich muss überlegen, wie es weitergeht. „Charl! Hörst du mich nicht!", ruft Sandra energisch. „Doch, doch, was ist denn los?" Ich bin etwas irritiert. „Ich habe die Adresse deiner Mutter!"

Sie nimmt mich an die Hand und wir fahren erst mit der Straßenbahn bis zur Domsheide. Dort steigen wir in die Linie 3. Diese Straßenbahnen sind schon eindrucksvoll. Man kann komplett auf ein Auto verzichten. Sandra bezahlt für uns die Fahrt. Als wir aussteigen, müssen wir keine 5 Minuten laufen und sie bleibt direkt vor einem Reihenhaus mit Sonnenblumen im Garten stehen. Gardinen mit Blümchen hängen vor den Fenstern und an der Eingangstür sehe ich ein Holzschild mit einigen Namen. Ich gehe die Treppe hoch und lese – Elisabeth & Richard mit Frauke & Jule. Ein kleiner Jungenkopf ist mit eingebrannt in der rechten Ecke auf dem Holzschild. Ich überlege kurz, ob ich das bin. Der Vorgarten ist ordentlich zurechtgemacht und alles andere ist blitzeblank. Ich hatte mitbekommen, dass man hier alles selber macht. Hier gibt es kaum jemanden, der sich eine Haushaltshilfe leistet. Bei uns auf der Farm hatte ich mit den Farmarbeitern gearbeitet. Mein Vater hatte nie mit angepackt... Ich schiebe den Gedanken beiseite. Mein Vater ist tot und ich versuche, mir ein neues Leben aufzubauen - in Freiheit – ohne ihn. Endlich stehe ich vor dem Haus meiner leiblichen Mutter. Ich hoffe es so sehr, dass es die richtige Adresse ist. „Charl, möchtest du es versuchen?", fragt Sandra mich. „Ja gerne. Ich weiß ja nicht, ob dort meine leibliche Mutter wohnt." „Ach Charl! Klingel und du weißt es", lacht sie. „Komm schon. Ich warte unten an der Treppe und wenn du hineingehst, fahre ich wieder nach Hause. Das schaffst du schon!" Ich gehe die letzten zwei Stufen hoch und stehe direkt vor der Haustür. Ich höre Stimmen von innen. Meine Hände fangen an zu schwitzen. Sandra läuft wieder nach unten und wartet am Gartentor. Meine Hand zittert, als ich auf die Klingel drücke. Eine Stimme wird lauter und ich sehe einen Schatten hinter der Tür. Die Tür öffnet sich und eine Frau steht in der Haustür und ruft laut, ohne zu überlegen: „Wilhelm!", und fängt an zu weinen.

Mein Vater lächelt, als er sich an diesen Tag erinnert. „Wir hatten ein Familienfrühstück zu unserem Hochzeitstag, als Wilhelm vor unserer Haustür stand. Deine Mutter hatte ihn nach all den Jahren sofort wiedererkannt. Ich hörte, wie sie aufschrie, und sprang schnell auf. Ich lief zur Haustür und sah, wie die beiden sich in den Armen lagen. Was meinst du, was hier los war, als Wilhelm mit ins Haus kam. Er sah Frauke und seine Augen weiteten sich. Er rief nur irgendwie den Namen Fanny und ich hatte den Eindruck, die beiden kannten sich. Frauke ist völlig ausgeflippt." Er fängt an zu lachen. „Mein Gott, sie hat sich nicht mehr beruhigt! Sie hat erfahren, dass dies ihr Stiefbruder ist. Sie stürzte fluchend aus dem Haus. Deine Tante versuchte die ganze Situation zu retten, aber wir wussten ja nicht, warum Frauke so dermaßen ausgeflippt ist. Wilhelm blieb für vier Wochen bei uns. Deine Mutter und er hatten einiges aufzuarbeiten, aber Frauke ließ sich in dieser Zeit nicht hier blicken. Frage mich nicht, was zwischen den beiden vorgefallen ist. Ich will es gar nicht wissen", zwinkerte mein Vater. „Oh man, das sind ja Neuigkeiten! Kommt Wilhelm zur Beerdigung?" Auch ich möchte meinen Stiefbruder kennenlernen. „Ja natürlich ist er mit seiner Frau Sandra dabei. Die beide haben geheiratet und ein Kind zusammen. Wilhelm arbeitet hier als Tischler in Habenhausen und sie wohnen zusammen in Arsten. Elisabeth hat dafür gesorgt, dass ihr Sohn die deutsche Staatsangehörigkeit bekommt. Sie haben viel Zeit gebraucht, um alles aufzuarbeiten, und er hat verstanden, warum sie weggelaufen ist. Unsere Familie ist gewachsen und wir waren sehr glücklich darüber."

Ich habe einen Bruder! Einen Bruder, der mal ein Verhältnis mit meiner Schwester hatte, sonst wäre die Reaktion von Frauke anders ausgefallen.

Abschied

Am Dienstagmorgen gehe ich die Treppe hinunter und mein Vater sitzt schon am Küchentisch mit seiner Tageszeitung und Kaffee. Ich bin beruhigt und freue mich, dass er einen positiven Tag hat. Ich habe den Eindruck, dass er sein Schicksal akzeptiert. Ich bin glücklich, dass er mit mir nach Hause fliegt und mein Farmleben kennenlernt. Ich habe alles schon im Detail geplant. Wir würden eine Safari zusammen unternehmen um Giraffen, Elefanten, Zebras und vieles mehr sehen. Wir essen Wildfleisch und ich kann ihm meinen kleinen angelegten Garten zeigen. Die Kinder würden ihren Opa lieben, auch wenn er ab und zu in seine eigene Welt abtaucht. Sie würden es verstehen. Ich wäre den ganzen Tag um ihn herum und er könnte nicht einmal weglaufen. „Jule...Hallo Jule". Ich war in meinen Gedanken versunken. „Ähm, ja Papa."

„Ich muss gleich zum Arzt und gehe noch zum Metzger. Soll ich uns etwas Spezielles zum Mittagessen mitbringen?" „Ja, gerne. Wie wäre es mit Leberkäse? Das habe ich lange nicht mehr gegessen. Hast du schon wieder einen Termin beim Arzt?" „Ja, aber nur Blutdruckmessen und Lungenfunktionstest." Er nippt an seinem Kaffee. „Okay, dann sehen wir uns heute Mittag. Ich werde schon mal anfangen, oben die Sachen in Kartons zu räumen, wenn es dir recht ist. Ich glaube, da liegen noch Pappkartons im Keller." „Ja, ja, mein Kind mache das." Sein Blick gleitet in die Ferne, weit weg von mir. Er steht auf und holt seine Jacke. „Bis nachher!", und die Haustür fällt ins Schloss. Ich nehme meinen Kaffee und gehe in den Keller, hole 4 Kartons und laufe nach oben. Ich fühle mich ein wenig schlecht, so in den Sachen meiner Eltern herumzuwühlen, aber ich hatte meinen Vater vorher gefragt. Ich ziehe die Schublade aus dem großen Schrank auf und fange an zu sortieren. Eine alte Aktentasche erregt meine Aufmerksamkeit. So ein Leder habe ich hier niemals zuvor gesehen. Ich öffne vorsichtig den Reißverschluss und mir kommen alte Fotos entgegen. Es sind schwarz-weiß Fotos. Ich versuche, die vergilbten Bilder zu erkennen. Eine schwarze Frau mit einem weißen Kind auf dem Arm. Im Hintergrund ein helles kleines Haus. Eine junge Frau in einem langen Kleid und einem Hut auf dem Kopf und ein großgewachsener Mann an ihrer Seite. Wenn es ein Farbbild wäre, hätte ich meine Mutter sofort erkannt, aber so erahne ich es nur. Ich starre die Fotos an. Ist das meine Mutter mit meinem Bruder? Warum hätten sie sonst die Fotos hier liegen? Ich hole vorsichtig alles aus der Tasche und sehe einen Brief. Vorsichtig öffne ich den Umschlag, auf dem nur der Name meiner Mutter steht. Ich kann die Sprache lesen, denn es ist Afrikaans. Das sprechen wir mit unseren Farmarbeiter bei uns auf der Farm auch:

My liefste vriendin

Ek is bly jy is nou in veiligheid.

Hier is die fotos van ons goeie dae.

Es mis jou baie, maar wit ons sal mekaar nooit weer sein nie.

Jou vriendin

Marana

Das sind das die Fotos aus Südafrika. Meine Mutter musste den Brief auf ihrer Flucht erhalten haben von ihrer Freundin Marana. Im Kopf übersetze ich den Text. Die beste Freundin meiner Mutter ist froh, dass sie in Sicherheit ist. Sie vermisst sie und weiß, dass sie sich nie wiedersehen. Ach wie herzzerreißend! Vielleicht konnte ich Marana mal in Südafrika aufsuchen? Von Namibia aus ist es ja nicht mehr so weit. Ich hätte gerne mehr erfahren aus der Vergangenheit meiner Mutter. Ich stecke alles zusammen in einem großen Umschlag und lege ihn beiseite. Ich will alles zusammen meinem Bruder geben. Es gehört zu seiner Kindheit.

Ich schaue auf die Uhr. Es war bereits nach 14 Uhr. Wo ist mein Vater nur? Er hätte doch schon längst wieder hier sein müssen. Ich gehe die Treppe herunter und sehe in das Wohnzimmer. Vielleicht habe ich ihn nur nicht kommen hören? Nein, sein Ohrensessel ist leer. Ich werde langsam nervös. Hoffentlich ist nichts passiert! Gegen 16 Uhr rufe ich beim Arzt an. Ich frage dort nach, ob mein Vater heute Morgen seinen Termin eingehalten hatte. „Nein Frau Kramer. Ihr Vater hatte einen Termin, ist aber hier nicht erschienen", bekomme ich zur Antwort. Somit ist alles klar. Ich muss sofort handeln. Ich rufe meine Schwester an, die ausnahmsweise mal gleich an ihr Telefon geht. „Frauke! Papa ist schon wieder weggelaufen!" „Bist du sicher?" „Ja, bin ich. Er war nicht bei seinem Arzttermin heute Morgen. Was soll ich jetzt nur machen? Die Polizei informieren?" Ich weiß ja nicht, ob diese 24-Stundenregelung auch bei Menschen mit einer Demenz zählt. „Sag bitte nicht weggelaufen. Menschen mit dieser Erkrankung laufen nicht weg. Ich habe eine Telefonnummer von einem der Beamten, die ihn schon mal wieder nach Hause gebracht haben. Ich rufe ihn an. Bleibe du bitte zuhause und warte auf Papa. Vielleicht sitzt er wieder auf der Bank an der Weser. Ich fahre mal los." Frauke ist wieder mal die Ruhe selbst. Ich bin es nicht. Nur noch drei Wochen und wir würden im Flugzeug sitzen. Endlich hat das alles hier ein Ende. Um mich zu beschäftigen, gehe ich wieder nach oben und fange an, weiter die Sachen einzupacken. Alle 10 Minuten schaue ich auf die Uhr. Es wird dunkel und ich höre von niemandem etwas. Ich rufe meine Tante an und informiere sie über den aktuellen Stand. Kurze Zeit später klingelt es an der Tür. Tante Irmi steht davor. „Ich denke, es ist besser, wenn wir hier zusammen warten." Ich bin froh, dass sie da ist und lasse sie ins Haus. Gegen 22 Uhr steht Frauke auf einmal vor der Tür. „Es hat ihn keiner gefunden?", frage ich sie. „Nein, ich habe gar nichts gehört und mache mir langsam Sorgen. Es ist nicht das beste Wetter, um nachts durch die Gegend zu laufen." Frauke zeigt Gefühle. Wie ungewöhnlich. „Kinder, ich gehe jetzt nach Hause. Ruft mich an, wenn sich etwas ergibt. Ich werde sowieso nicht schlafen", meint Irmgard. „Ich bringe dich eben", sage ich und nehme meine Jacke. „Es tut gut noch einmal herauszukommen. Wo kann Papa sich nur aufhalten?" „Ach Jule, es ist beruhigend, was ihr jetzt organisiert habt. Es wird Zeit, dass er in eine Einrichtung kommt. Er ist alleine und das ist nicht gut." Wir stehen vor ihrer Wohnungstür. „Gute Nacht Tante Irmi" und drücke sie fest an mich. „Gute Nacht Jule und melde dich bitte." Sie geht ins Haus und ich laufe nachdenklich wieder zurück. Ich dachte zuerst, wir hätten uns falsch entschieden, aber er muss nun in ein Heim. Wer sollte sich sonst Sorgen machen, wenn er nicht wieder zurückfindet?

Tränen die fließen

„Frauke was machen wir?" Ich bin kraftlos. „Jule, wir können nichts machen außer zu warten. Die Polizei sucht Papa. Ich fahre jetzt nach Hause. Sie werden mich anrufen, wenn sie ihn gefunden haben und du bist hier, falls er herkommt. Gute Nacht." Sie nimmt ihre Jacke und die Haustur fällt ins Schloss. Es ist spät und in Namibia ist es eine Stunde weiter. Ich hätte Jonas jetzt gerne aus dem Schlaf geholt. Ich schreibe ihm eine lange Nachricht und lege mich auf das Sofa und warte. Irgendwann bin ich eingeschlafen, denn als es klingelt, schrecke ich hoch. Ich springe auf und eile zur Tür. Dort stehen wieder die beiden Beamten vom letzten Mal mit meinem Vater im Schlepptau. „Papa! Wo warst du!", sage ich vorwurfsvoll. „Guten Morgen Frau Kramer, wir haben ihren Vater auf dem Friedhof gefunden. Er hat seine Frau gesucht." „Ach Papa, die Beerdigung ist doch erst übermorgen, ähm morgen. Komm rein und zieh dir die nassen Sachen aus." Ich mache Platz, damit mein Vater hereinkommen kann. „Frau Kramer, sie müssen dringend etwas unternehmen. Ihr Vater kann nicht ständig alleine draußen herumirren." Beide Polizisten sehen mich an. „Ja ich weiß. Es tut mir leid. Wir haben schon einen Platz für ihn, aber es dauert halt alles seine Zeit." „Dann passen sie jetzt besser auf ihn auf. Auf Wiedersehen." Ich rufe meine Tante an und sie ist erleichtert. Frauke wird informiert, meint sie. Wieso eigentlich? Kennt sie einen der Polizisten?

Mein Vater liegt angezogen auf seinem Bett und schläft. Ich ziehe ihm die Schuhe aus und versuche, ihn aus der Jacke zu bekommen. Ich schließe die Vorhänge und stoße mir am Bettpfosten den kleinen Zeh. „Aua!", bricht es aus mir heraus. Schnell schlage ich meine Hände vor den Mund und schleiche mich heraus. Mein Vater schläft zum Glück weiter. Wenn ich daran denke, dass ich am Morgen einen positiven Eindruck von ihm hatte und das sich so schnell verändert. Ich schwor mir, nun noch mehr auf ihn zu achten.

Der Tag der Beerdigung ist kein guter Tag. Mein Vater ist erkrankt seit seinem letzten Ausflug und wir können ihn so nicht mitnehmen. Frauke, Tante

Irmgard und ich stehen im Flur und überlegen, was wir machen. „Wir können ihn nicht alleine lassen", sage ich zu den beiden. „Dann muss er halt mit." Typisch die Art und Weise von Frauke. „Wir nehmen ihn in einem Rollstuhl mit", überlegt Irmgard. „Hast du einen?", frage ich sie. „Nein, ich Gott sei Dank nicht, aber meine Nachbarin. Wir legen eine Decke über ihn und er braucht nicht die ganze Zeit laufen." Sie ruft ihre Nachbarin an und ich eile los, um den Rollstuhl abzuholen. Wie ich damit durch die Straßen schiebe, ist es ein eigenartiges Gefühl, alleine einen Rollstuhl zu schieben. Die Leute sehen mich alle so dämlich an. Es ist die beste Lösung für meinen Vater und er konnte Abschied nehmen. Nur noch drei Wochen und wir sitzen im Flieger.

Ich habe mir heute Morgen ein schwarzes Kleid aus dem Kleiderschrank meiner Mutter genommen und einen Gürtel dazu umgebunden. Es ist mir sonst viel zu groß, aber so sieht es für diesen Anlass gut aus. Da wir alle in den kleinen Flitzer von Frauke nicht reinpassen, nehme ich das Auto von Papa. Es war aus der Werkstatt zurück und wir hatten es noch nicht verkauft. Jetzt muss ich doch noch hier im Land Auto fahren. Ich hole den Wagen erst einmal aus der Garage. Es fällt mir relativ leicht, wieder zu den alten Gewohnheiten zu wechseln. Frauke und ich versuchen, den Rollstuhl in den Kofferraum zu stopfen, und Tante Irmgard setzt unseren Papa auf den Beifahrersitz. Meine Tante steigt hinten ein und Frauke muss alleine fahren. Gleich würde ich meinen Stiefbruder treffen. Ich bin deswegen aufgeregt und die Trauerfeier ist mehr im Hintergrund. Die enge Verwandtschaft darf bis an die Kapelle fahren. Ich steige aus und hole den Rollstuhl heraus und meine Tante hilft meinem Vater aus dem Auto. Er sieht kränklich aus und ich meine sogar, dass er etwas Fieber hat. Was für ein Tag! Frauke kommt vorgefahren und als sie aussteigt, spricht sie mit einem mir unbekannten Mann und einer Frau dazu. Alle drei kommen auf uns zu. „Jule! Darf ich dir Wilhelm und seine Frau Sandra vorstellen?" Ich stutze. Er ist ein dunkler Typ, als hier in der Familie typisch ist. „Hallo Jule. Du bist also meine Stiefschwester aus Afrika", grinst er. „Na ja, sieht bei dir ja nicht anders aus", grinse ich zurück. „Hallo Sandra, ich habe schon so viel Gutes von euch beiden gehört und ich freue mich, euch endlich kennenzulernen." Frauke ist bei unserem Vater und schiebt ihn in die Kapelle. Ich hatte den Umschlag eingesteckt, weil ich nicht wusste, wann ich Wilhelm sonst wiedersehen würde. „Auch wenn es jetzt unpassend ist, ich habe einen Umschlag bei meiner, ähm unserer Mutter gefunden. Der ist für dich bestimmt. Ich bin in drei Wochen wieder weg und habe den extra schon heute mitgebracht." Ich drücke ihm den in die Hand. Er guckt mich verdutzt an und Sandra nimmt den Umschlag und steckt ihn ein. „Das hat Zeit bis heute Abend. Jetzt haben wir andere Gedanken", meint sie liebevoll zu ihm. Wir laufen gemeinsam in die Kapelle und die Familie sitzt bereits in der ersten Reihe. Ich setze mich neben meinen Vater und Frauke sitzt zwischen Tante Irmgard und unserem Vater auf der anderen Seite. Somit setzt sich mein Stiefbruder neben mich. Auf der Empore steht die Urne meine Mutter und überall darum stehen Sonnenblumen. Frauke und ich hatten uns für eine blaue Metall-Urne entschieden, die mit weißen Herzen verziert ist. Leise spielt afrikanische Hintergrundmusik. Das hatten wir nicht festgelegt und ich bin etwas irritiert. Ich denke an die Vergangenheit meiner Mutter und hole aus meiner Tasche den kleinen Elefanten heraus, den ich extra noch eingesteckt habe. Ich drehe ihn zwischen meinen Fingern hin und her. Ich sehe den erstaunten Blick von Wilhelm. Er starrt förmlich auf das kleine Holztier. Er nimmt mir den Elefanten aus der Hand und dreht ihn herum. Jetzt weiß ich, welche Initialen das sind - Charl Wilhelm! Ich schließe die Hand meines Stiefbruders, mit dem Tier darin. Ich spüre, dass der Elefant für ihn von großer Bedeutung ist. Meine Mutter. Sie hat uns alle in dem Glauben gelassen, dass sie ein völlig unspektakuläres Leben hinter sich hatte. Aber nun sitzen wir hier alle zusammen. Jetzt kann sie loslassen und ihren letzten Weg alleine gehen. Obwohl wir in der Anzeige im engsten Familienkreis geschrieben hatten, strömen einige Nachbarn und Freunde in die Kapelle, als der Gottesdienst beginnt. Das Beerdigungsinstitut hatte alles bis aufs Detail organisiert und sogar ich kann endlich Abschied nehmen.

Wir hatten abgesprochen, dass wir nach der Trauerfeier keine Trauertafel veranstalten. Meinem Vater ging es nicht gut und wir wollen ihn so schnell wie möglich wieder in sein Bett bringen. Emotionaler Stress und ein Infekt ist keine gute

Kombination. Ich sehe ihn an. Er sieht blass aus und der Atem geht schwer. Wilhelm und seine Frau packen den Rollstuhl mit ins Auto und ich fahre zurück nach Hause. Mein Vater ist wieder in seine eigene Welt abgetaucht und ich glaube nicht, dass er überhaupt realisiert hat, was eben stattgefunden hat. Mit Wilhelm vereinbare ich, dass uns seine Familie am Wochenende besuchen kommt. Endlich konnte ich alle kennenlernen. Frauke ist wieder einmal verschwunden. Sie ist schon ein komischer Mensch.. „Soll ich den Arzt anrufen wegen Papa?", frage ich meine Tante. „Wir messen gleich erst einmal Fieber und anschließend entscheiden wir, was zu unternehmen ist." Zusammen bringen ihn in sein Bett und Irmgard holt das Fieberthermometer. Kurze Zeit später kommt sie in die Küche. „Also Jule, er hat eine Temperatur von 35,8. Da brauchen wir doch keinen Arzt kommen lassen. Er hustet auch nicht. Ich denke, er ist einfach nur erschöpft und braucht eine heiße Suppe und einen Tee. Ich habe Hühnersuppe zu Hause. Die bringe ich dir gleich vorbei. Er ist sofort eingeschlafen. Wenn er aufwacht, kannst du ihm erst einmal einen Tee bringen. Der Tag war anstrengend. Ich muss mich auch kurz ausruhen und hinterher komme ich wieder." Sie läuft zur Haustür. „Ja und danke dir für alles. Jetzt wird hoffentlich alles besser", rufe ich ihr hinterher. Ich ziehe mein schwarzes Kleid aus und schlüpfe in etwas Bequemeres. Ich sehe noch einmal nach meinem Vater. Er schläft leicht röchelnd. Ich lasse die Schlafzimmertür offen, damit ich es höre, wenn er wach wird. Morgen werde ich den Arzt kommen lassen, falls er weiterhin so schlapp ist. Dieser ganze Tag ist emotional anstrengend gewesen. Mein Handy blinkt und ich sehe, dass eine Nachricht von Jonas angekommen ist. Er freut sich, dass ich meinen Vater mitbringe und fragt, ob er Alina etwas davon erzählen kann. Außerdem will seine Mutter neue Vorhänge für das Gästezimmer nähen, damit mein Vater sich wohl fühlt bei uns. Ich lege mich auf das Sofa im Wohnzimmer und schlafe direkt ein.

Vereint

Die Türklingel schrillt und reißt mich aus meinem Traum raus. Mein Vater rennt, wie ein wahnsinniger durch den Busch und ich reite auf dem Rücken eines Straußes hinter ihm her. Auf einem Strauß! Ich muss einen Moment lang überlegen, wo ich bin, und da höre ich die Klingel erneut. Ich stehe auf und gehe zur Tür. Hanna steht mit ihrem Sohn davor. „Hallo Jule, ich bin wieder mal auf dem Weg zum Fußball und wollte nur schnell sehen, wie es dir geht." Ich bin etwas benommen. „Ja danke für die Nachfrage. Es war alles ganz schön heute Vormittag und mein Vater ist krank und er schläft." „Oh, ich hoffe, ich habe ihn nicht geweckt." „Nein, aber mich", schießt es in meinen Kopf, aber sage nichts. „Ich denke nicht, sonst hätte ich schon etwas von ihm gehört." Ich frage sie, ob sie reinkommen mag. „Geht leider nicht. Mein kleiner Ailton hier, muss zum Fußball", und sie lacht. „Okay, danke dass du nachgefragt hast." Wir umarmen uns und sie winkt noch einmal. Ach wie herrlich wäre es jetzt mit meinen eigenen Kindern zu schmusen. Ich will gerade die Haustür schließen, da sehe ich auch schon meine Tante kommen. „Jule, hier die Suppe. Sie ist noch heiß. Für dich und für Richard. Was macht er eigentlich?" Sie stellt den Korb in die Küche. „Er schläft noch. Ich bin auch eingeschlafen, bis Hanna geklingelt hat. Ich gehe eben nach ihm schauen." Ich will gerade die Treppe hochgehen, als das Telefon klingelt. „Geh du ans Telefon. Ich gucke eben nach Richard. Vielleicht kann er aufstehen." Irmgard läuft die Treppe hoch und ich nehme den Telefonhörer ab. „Jule Kramer hier." Ich habe mich schon wieder an meinen Mädchennamen gewöhnt. „Guten Tag Frau Kramer. Hier ist Doktor Winkler. Der Hausarzt ihres Vaters. „Oh, hallo Herr Doktor. Was kann ich für Sie tun", frage ich ihn erstaunt. „Ihr Vater hatte letzte Woche einen Bluttest und das Ergebnis würde ich gerne mit ihm besprechen." Letzte Woche? Wann war er denn beim Arzt? „Das geht jetzt leider nicht. Wir hatten heute Morgen die Beerdigung meiner Mutter und mein Vater ist krank. Er schläft seitdem…" Ich höre den Schrei meiner Tante bis hier nach unten. Ich lasse den Hörer fallen und renne los. Tante Irmgard steht schwer atmend am Türrahmen vom Schlafzimmer. „Jule, nein! Du kannst da jetzt nicht rein!", sagt sie energisch. „Warum nicht! Ich will wissen, was mit meinem Vater ist!" Ich stehe direkt vor ihr. „Bitte Jule. Lass den Notarzt kommen." Ich renne wieder nach unten. Greife den Telefonhörer. „Hallo Herr Doktor? Können Sie schnell kommen? Mein Vater… Ich weiß nicht, was los ist." Ich schnaufe schwer. „Frau Kramer, ich komme selbstverständlich, aber rufen Sie den Notarzt!", und legt auf. Ich wähle die 112 und erzähle kurz und knapp die Umstände. Meine Tante kommt von oben herunter und ist blass. „Ich weiß es nicht Jule, aber ich glaube, dein Vater ist eingeschlafen." Ich sehe wieder die kleinen schwarzen Punkte vor den Augen und sacke zusammen. Als ich meine Augen wieder öffne, liegt ein Kissen unter dem Kopf und Dr. Winkler beugte sich über mich. „Frau Kramer, Sie sind wieder zurück. Ich habe Ihnen ein Beruhigungsmittel gegeben. Kommen Sie, versuchen Sie sich aufzusetzen." Meine Tante und Dr. Winkler bringen mich in die Küche. „Jule, der Notarzt ist oben bei deinem Vater und Frauke ist auf dem Weg hier her," sagt Irmgard vorsichtig. „Was ist mit meinem Vater?", und ich sehe Dr. Winkler an. „Ihr Vater ist jetzt bei seiner Frau. Beide sind wieder vereint." Ich schlucke und ich fange an zu weinen.

Ganze Wahrheit

Frauke kommt in die Tür hereingestürmt. Die Tränen laufen ihr über das Gesicht. „Papa! Papa!", schreit sie wie verrückt. Ich bin irritiert. So habe ich sie noch nie erlebt. „Frauke, Papa ist jetzt bei Mama", versuche ich zu trösten. Sie weint heftiger. „Wir haben noch keinen Frieden geschlossen! Er darf nicht einfach so gehen. Verstehst du das denn nicht!", schreit sie mich an. Dr. Winkler geht auf sie zu. Völlig hysterisch springt sie zurück. „Nein lasst mich alle in Ruhe!" Tante Irmgard spricht ruhig auf sie ein. Frauke starrt sie an. Auf einmal bricht sie zusammen. Dr. Winkler macht einen Satz und kann sie gerade noch auffangen, bevor sie auf den Boden fällt. Er gibt auch ihr etwas zur Beruhigung. Ich überlege benommen, was ich tun kann. Mir fällt das alte Telefonbuch ein, auf dem kleinen runden Tisch im Wohnzimmer. Ich gehe benommen dorthin und suche nach der Telefonnummer von Wilhelm. Seine Nummer steht hinten auf der letzten Seite mit einem Herzchen versehen. Ich wähle die Nummer. „Van der Merwe", höre ich seine Stimme. „Jule hier. Kannst du bitte schnell herkommen?"

Ich weiß nicht, wie Wilhelm es geschafft hat, aber keine 30 Minuten später steht er im Hausflur. Die Haustür ist noch geöffnet, da wir auf das Beerdigungsinstitut warten. Ich lege eine Decke über Frauke, die auf dem Sofa eingeschlafen ist. Dr. Winkler hat ihr eine größere Dosis gegeben und ich komme langsam wieder so zu Kräften. Ich sehe Wilhelm und wir nehmen uns in die Arme. Ich kenne ihn nicht, aber er ist mein Stiefbruder und somit gehört er zur Familie. Er schaut kurz nach Frauke und ich sehe noch, wie er ihr eine Haarsträhne liebevoll aus dem Gesicht streicht. Das Beerdigungsinstitut kommt durch die Gartentür, sehe ich aus dem Augenwinkel. Ich gehe in die Küche, damit ich nicht sehe, wie mein Vater rausgebracht wird. „Frau Kramer, kommen Sie morgen bitte einmal in meine Praxis, wenn Sie Hilfe benötigen", sagt Dr. Winkler und verabschiedet sich. „Jule kann ich dich kurz alleine lassen?", fragt Tante Irmgard. Ich muss kurz nach Hause und komme heute Abend wieder. Ich habe Essen eingefroren und das bringe ich später mit. Ich drücke sie kräftig. „Danke für alles", flüstere ich dabei. Sie schließt die Tür hinter sich und wir Geschwister sind alleine. Frauke liegt noch auf dem Sofa, als Wilhelm in die Küche kommt. „Hast du Lust zu reden?", fragt er. Ich nicke, weil ich noch ein paar Fragen an ihn habe und er fängt an, seine Geschichte zu erzählen.

„Es war nicht leicht, als ich hergekommen bin. Sandra hat mich in der ersten Zeit begleitet. Sie hatte einen Freund und dadurch blieb ein Abstand zwischen uns. Eines Abends ging ich mit den Leuten aus der WG in eine Diskothek. Dort lernte ich Fanny kennen und ich blieb die ganze Nacht bei ihr. Es stellte sich heraus, es war Frauke. Ihre Freunde nennen sie nur Fanny, weil sie so verrückt ist." Wilhelm spricht ohne Unterbrechung. „Wir waren beide total geschockt, als wir uns hier bei unserer Mutter trafen. Frauke ist förmlich ausgerastet und hat das Haus wütend verlassen. Ich hatte dafür erst einmal kein Empfinden, weil ich meiner leiblichen Mutter gegenüberstand. Es war ein absolutes Gefühlschaos in mir. Ich war sauer, dass sie mich alleine gelassen hatte, aber froh, sie endlich in die Arme schließen." Er trinkt ein Glas Wasser. Ich sage nichts, sondern höre aufmerksam zu. „Vier Wochen habe ich in deinem Zimmer oben gewohnt. Ich war eifersüchtig auf eure Kindheit. Ich hatte keine liebevollen Eltern, die mich in den Arm nahmen. Richard war großartig. Wir haben uns auf Anhieb gut verstanden und verbrachten viel Zeit zusammen unten in seinem Hobbyraum. Wir versuchten alles um die Vergangenheit zu bewältigen, was uns aber nicht ganz geglückt ist. Ich hatte immer das *Warum* im Kopf. Warum hatte meine Mutter mich nicht nachgeholt. Klar habe ich verstanden, warum sie gegangen ist, nachdem, was sie erlebt hatte, aber es bleibt wohl den Rest meines Lebens ein ABER. Nach diesen vier Wochen hier, bin ich zurück zur WG. Ich hatte von Sandra überhaupt nichts mehr gehört und musste ihr unbedingt alles erzählen. Als ich in die Wohnung kam, stand sie in der Küche und es war sonst keiner von den anderen

Mitbewohnern da. Sie sah mich und fiel mir um den Hals. Sie weinte und erklärte mir, wie sehr sie mich vermisst hatte. Sie hatte sich von ihrem Freund getrennt, weil sie nur mich in ihrem Kopf hatte. Für mich war sie sowieso die einzig Richtige und seit diesem Zeitpunkt sind wir zusammen." Ich mochte Wilhelm. Trotz seiner schweren Kindheit ist er ein liebenswerter Mensch. Da fällt mir ein, dass ich Jonas noch gar nicht informiert habe! „Entschuldige bitte Wilhelm. Ich muss eben nur eine kurze Nachricht nach Hause schicken. Jonas muss wissen, was gerade passiert ist." Ich schreibe ihm, dass mein Vater friedlich eingeschlafen ist und ich eher nach Hause komme, aber alleine. Alleine… Ich hatte mich schon so auf die Zeit gefreut. Es sollte unsere letzte gemeinsame Zeit werden. Nun sind meine Eltern nicht mehr da, aber ich habe einen Bruder bekommen. „Jule, erzähle mir doch mal von deinem Leben. Wie bist du nach Namibia gekommen und wie lebt ihr dort. Klar, habe ich schon die Geschichten von unserer Mutter gehört, aber von dir wüsste ich es gerne." Und ich fange an, meine Geschichte zu erzählen.

Es klingelt an der Tür und Tante Irmgard steht wieder einmal mit einem großen Korb mit Essen davor. Durch das Klingeln wird auch Frauke wach. „Das passt ja gut, dass du wach bist. Dann können wir gemeinsam etwas essen", sage ich zu ihr. „Ich habe keinen Hunger", knurrt sie. „Wir auch nicht, aber es wird uns zusammen guttun. Wilhelm ist auch hier." Sie schnauft. „Hör mal zu Frauke! Ich habe die ganzen Wochen meine Klappe gehalten, aber jetzt reicht es mir! Ich weiß, dass du mit Wilhelm im Bett gewesen bist, aber zu diesem Zeitpunkt wusstest du doch nicht, dass er unser Bruder ist. Also vergiss das mal ganz schnell und den Streit mit Papa kannst du jetzt auch nicht mehr ändern. Er liebt uns, wie wir sind, und deine ewige Eifersucht geht mir auf den Keks. Was hat Wilhelm nicht alles in seiner Kindheit durchlebt! Er hat einen Grund, eifersüchtig zu sein und nicht du!" Nun war es erst einmal raus. Frauke sieht mich an und sagt nichts. „Wahrscheinlich rennt sie gleich wieder weg", denke ich bei mir. Sie steht auf und bindet sich die Haare hinten zusammen. „Du hast ja Recht und nun lass uns etwas essen." Wir gehen in die Küche, wo Irmgard und Wilhelm schon alles angerichtet haben. Trotz der negativen Ereignisse reden wir alle quer durcheinander und nach über zwei Stunden, verlassen alle das Haus. Ich bleibe alleine und stehe am Küchenfenster. Frauke und Wilhelm stehen vor ihrem Auto und reden miteinander. Er nimmt ihren Kopf in beide Hände und gibt ihr einen Kuss auf die Stirn. Sie umarmt ihn und steigt ein. Vielleicht haben die beiden sich jetzt auch ausgesöhnt? Ich mache das Licht aus und gehe nach oben. Die Tür des Schlafzimmers meiner Eltern ist geschlossen. Tante Irmgard hatte mich gefragt, ob ich bei ihr über Nacht bleiben möchte, aber ich wollte es nicht. Wenn es ein nächstes Mal in Deutschland geben wird, ist hiervon nichts mehr da.

Heimat

Ich öffne meine Augen und die Sonne steht hoch am Himmel. Keine dunklen Wolken sind zu sehen. Ich greife zum Nachtschrank, aber mein Telefon liegt dort nicht. Ach ja, das hatte ich gestern unten liegen gelassen. Ich strecke mich und will erst einmal duschen. Unter der Dusche überlege ich, welchem Thema ich mich als nächstes widme. Mit einem Handtuch um den Kopf gehe ich nach unten und sehe mein Telefon auf der Küchenzeile. Etliche Nachrichten sind eingegangen. Eine von Jonas. Er hat meine Nachricht gestern doch noch erhalten.

Hallo mein Schatz
Nun ist aber mal Schluss damit.
Das kann ein Mensch doch nicht alleine alles aushalten!
Ich nehme morgen Abend den Flieger und bin übermorgen in Bremen.
Du brauchst mich gar nicht davon abbringen.
Alina geht zu meinen Eltern und bei dem ganzen Regen hier,
kann ich sowieso gerade nichts machen.
Genau! Es regnet wie aus Eimern ;-)
Ich liebe dich

Jonas kommt! Jonas kommt! Ich tanze durch die Küche. Ich bin nicht mehr alleine hier.

Nach Hause

Zwei Wochen später sitzen Jonas und ich wieder im Flugzeug nach Namibia. Die Beerdigung ist vorbei und wir hatten alles innerhalb der Familie abgesprochen. Frauke und Wilhelm kümmerten sich um die Haushaltsauflösung und den Verkauf des Hauses. Das Erbe wird durch dreigeteilt. Ich hatte zwar meine Eltern verloren, habe aber eine neue Familie dazu bekommen, die mich alle im nächsten Jahr besuchen kommen, so auch Hanna mit ihrer Familie. Ich bin dankbar, dass sich alles zum Guten wendete und wir ohne Lügen weitermachen können. Ich kann mit stolz meinen Kindern die Geschichte von Oma und Opa erzählen.

Glücklich sitze ich neben meinem Mann und weiß, wo ich hingehöre. „Ich liebe dich", sage ich zu Jonas und lege meinen Kopf an seine Schulter.

Danksagung

Meine erste Danksagung gilt den Menschen, die an mich glauben. Die Menschen, die mir immer wieder sagen, mach weiter und lasse dich nicht unterkriegen. Ohne meine Freundin Karen aus der Heimat gäbe es nicht einmal das erste Buch - Biltong zum Frühstück. Danach hat sie mich immer wieder gefragt: „Wann gibt es Teil 2?"
Natürlich gäbe es dieses Buch auch nicht ohne meine Korrekturleser. Kerstin hat mir wieder auf die Finger geschaut. Sie ist recht fix mit ihrer Korrektur, sodass sie mich zusätzlich motiviert hat weiterzuschreiben. Neu im Team ist Marion. Sie liest meine Krimis und unterstützte mich jetzt auch hierbei. Danke für deinen Einsatz! Ein dickes Dankeschön an meine Eltern. Die auch an mich glauben und egal, was ich ihnen vorlege, sie begeistert. Nicht zu vergessen meine WhatsApp-Mädelsgruppe hier in Namibia, die schon einen Titel ausgesucht haben, obwohl es

noch gar kein zweites Buch gab wie: „Seufzen mit Wein". Meiner Tochter, die mich vermehrt vom Schreiben abgehalten hat, weil ihre Bachelorarbeit 10.000 Kilometer weit weg, mehr in meinem Kopf verankert war, als diese Geschichte. Aber der wichtigste Mensch in meinem Leben ist mein Ehemann. Der zuerst die Korrektur liest und meine Geschichten Tag für Tag aufs Neue erträgt und häufig zu mir sagt, du wiederholst dich. „Du bist erwachsen geworden", war seine erste Aussage nach dem Lesen. Es hat mich aus den Babyschuhen rausgeholt und ich laufe jetzt auf High Heels.

Leute, ohne euch wäre ich jetzt nicht hier!

Bisher erschienen:
Biltong zum Frühstück
Hotelblut
Schlüsselblut

Mehr von mir bei Facebook oder Instagram

Zeitfracht Medien GmbH
Ferdinand-Jühlke-Straße 7
99095 Erfurt, Deutschland
produktsicherheit@kolibri360.de